籬《まがき》の菊

阿岐有任
Aki Arito

文芸社文庫

人物紹介

兵部《ひょうぶ》の君《きみ》（二二）　本名　源基子《みなもとのもとこ》。東宮《とうぐう》の第一王女に仕える最上臈《ろう》の女房。

大君《おおいぎみ》／女一宮《おんないちのみや》（一九）　聡子《さとこ》女王。東宮の第一王女。父の践祚《せんそ》あって皇女となる。

東宮《とうぐう》／新帝（三五）　尊仁《たかひと》親王。内親王皇后を母に持つ尊い生まれの皇子だが、そのため藤原摂関家《せっかんけ》と不仲で、不遇の若年期を過ごす。藤原氏腹の異母兄の皇太弟《こうたいてい》に立ち、のち践祚。

中納言《ちゅうなごん》の君（二二）　藤原雛子《ふじわらのひなこ》。兵部の君の乳姉妹《ちきょうだい》で幼馴染。中流貴族の娘で、帝の祖母后である女院に女房として仕える。

京極殿《きょうごくどの》（二七）　従一位《じゅいちい》右大臣藤原師実《もろざね》。藤原摂関家の末子《まっし》跡取り息子。今を時めく貴公子で女癖が悪く、中納言の君に手をつける。

宇治《うじ》殿（七七）　前関白《かんぱく》太政大臣藤原頼通《よりみち》。京極殿の父。東宮と長く対立したが、帝の崩御に先んじて宇治に隠遁した。

江《ごう》の君（二八）　従五位下《げ》東宮学士（のち蔵人《くろうど》）大江匡房《おおえのまさふさ》。東宮の最側近で、中流貴族出身ながら信が厚い。

斎院女御《さいいんのにょうご》（四〇）　二品馨子《にほんかおるこ》内親王。東宮の正妻。

貞仁王《さだひとおう》／御子《みこ》の宮（一六）　東宮の長男で大君の実弟。今や数少ない皇族男子の一人。

源　季宗《みなもとのすえむね》（二〇）　兵部の君の長弟で実家の跡取り息子。

行尊《ぎょうそん》（一四）　兵部の君の次弟。出家して仏門に入った。

大二条殿《おおにじょうどの》（七三）　従一位左大臣藤原教通《のりみち》。新帝の御代では関白に任じられる。宇治殿と女院の実弟。

藤原経家《つねいえ》（五一）　正三位権《ごん》中納言。大二条殿の女婿で、家司《けいし》を務める。宇治殿の四男（京極殿の実兄）を養子に迎えた。

帝／院（四四）　御名《ぎょめい》は親仁《ちかひと》。東宮の異母兄。前代未聞の三后並立を行い、本来一人のみであるはずの天皇の正配偶者の位に三人の女性を立てるが、皇子女なく没する。

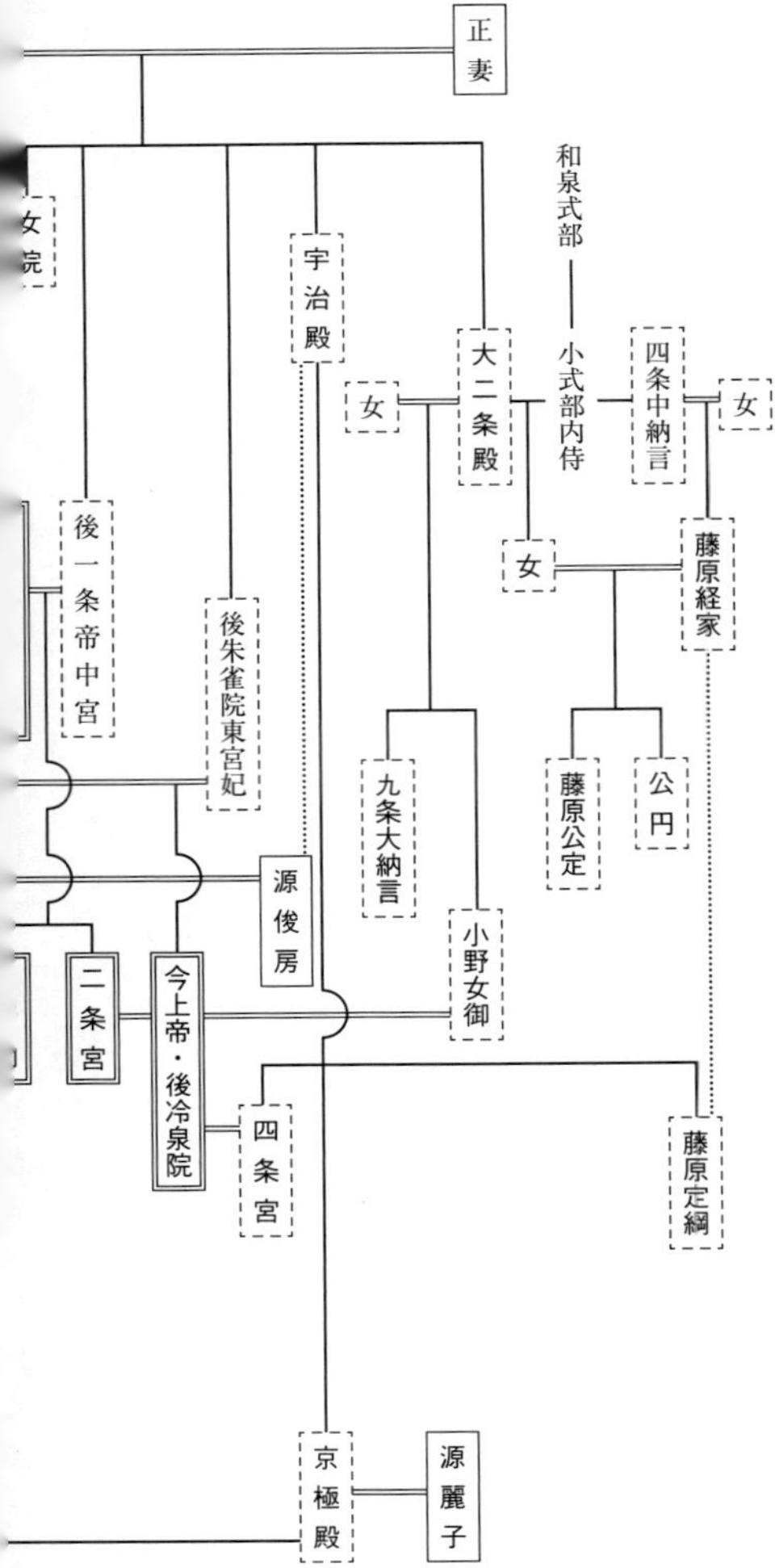
正妻
女院
宇治殿
大二条殿
和泉式部
小式部内侍
四条中納言
女
女
後一条帝中宮
後朱雀院東宮妃
女
藤原経家
九条大納言
小野女御
藤原公定
公円
源俊房
二条宮
今上帝・後冷泉院
四条宮
藤原定綱
京極殿
源麗子

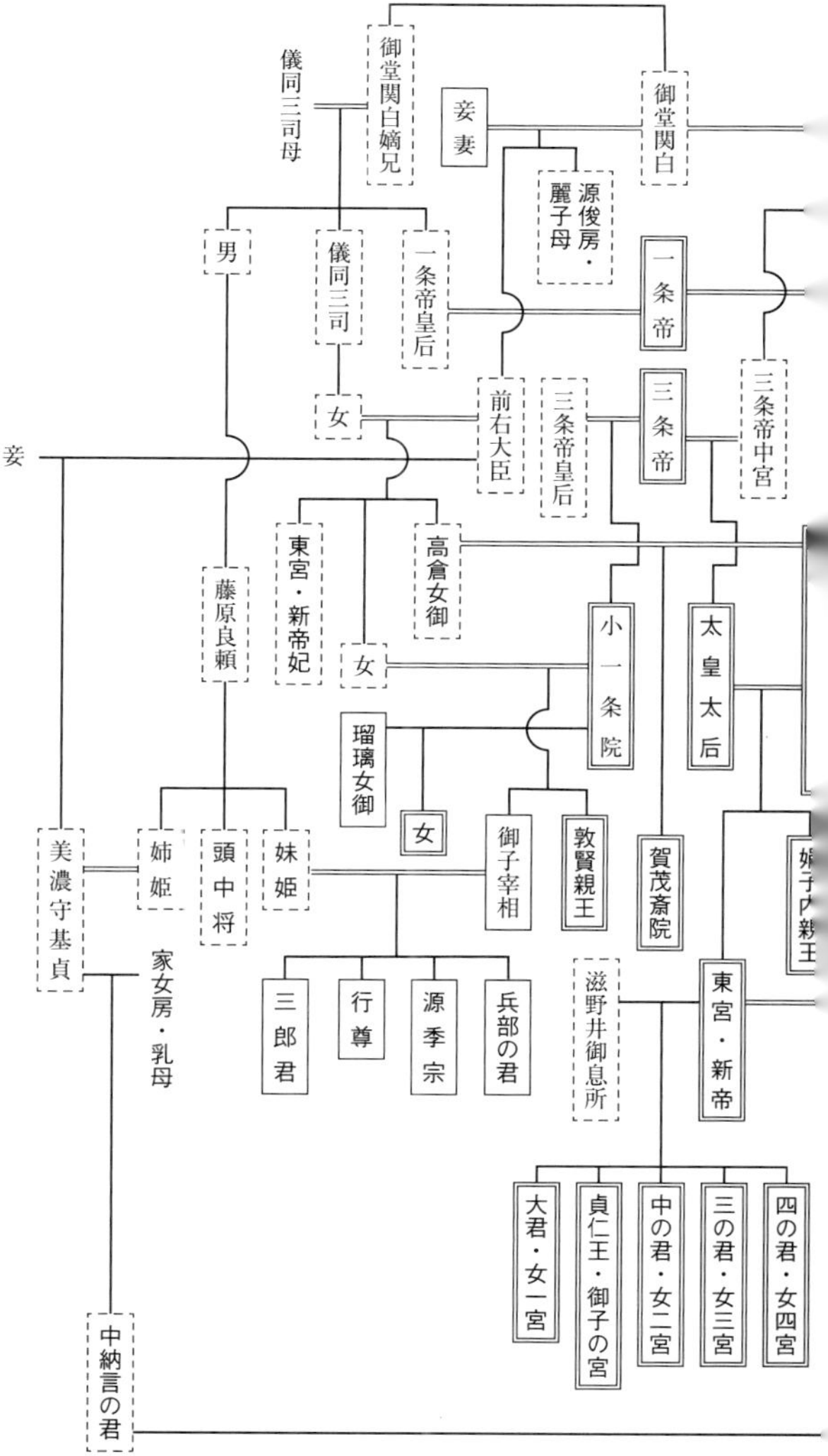

御堂関白
御堂関白嫡兄
妾妻
儀同三司母
源俊房・麗子母
一条帝
一条帝皇后
儀同三司
男
三条帝中宮
三条帝
三条帝皇后
前右大臣
女
妾
高倉女御
東宮・新帝妃
藤原良頼
太皇太后
小一条院
女
瑠璃女御
女
賀茂斎院
敦賢親王
御子宰相
妹姫
頭中将
姉姫
美濃守基貞
娟子内親王
東宮・新帝
滋野井御息所
兵部の君
源季宗
行尊
三郎君
家女房・乳母
四の君・女四宮
三の君・女三宮
中の君・女二宮
貞仁王・御子の宮
大君・女一宮
中納言の君

目次

一　まかたち【侍女】……8
二　だきに【荼枳尼】……17
三　咲殼【さきがら】……26
四　かうあはせ【香合】……34
五　ぬえ【鵺】……40
六　籬【まがき】……57
七　のりいち【乗り一】……65
八　菊綴【きくとぢ】……71
九　ものゑんじ【物怨じ】……79
十　あくりゃうはらへ【悪霊祓へ】……93
十一　るす【留守】……101
十二　もとつひと【元つ人】……111
十三　のちのあふひ【後の葵】……121
十四　をんぞうゑく【怨憎会苦】……131

十五　いくたち【生太刀】……144
十六　かものくらべうま【賀茂の競べ馬】……152
十七　なまふがふ【生不合】……172
十八　るりのにょうご【瑠璃女御】……185
十九　宿貸し鳥【やどかしどり】……200
二十　にんにく【忍辱】……206
二十一　移し文【うつしぶみ】……215
二十二　ろうきょ【籠居】……229
二十三　ひんがし【東】……239
二十四　にんぴにん【人非人】……246
二十五　けさふ【懸想】……262
二十六　むこかしづき【婿傅き】……278

一　まかたち【侍女】

治暦《じりやく》四年、一月《むつき》のことである。

国は荒れていた。荘園の発達により都の有力貴族と庶民との間の貧富の差が拡大し、下々の世に閉塞感が蔓延して久しい。荘園領主らの頂点に君臨する藤原摂関家は帝の外戚として権威を振るい、庶民の貧困は一向に改善される様子もなく生活は行き詰まった。そんな折に空に現れた彗星は民衆を恐怖に陥《おとしい》れ、その狂乱も冷めやらぬなか渇水の年が続き、米は育たず民は飢えた。飢餓と不安で極限状態に陥《おちい》り、それでもどうにか去年一年をやり過ごして新年を迎えたはずの民から、太陽はその姿を隠した。日《にっ》蝕《しょく》である。元日からの凶兆に、国中が恐れおののいた。明けて二日には地震が起こった。翌三日には嵐が襲来した。人死にが多く出た。自然災害のせいばかりではない。兇事に次ぐ兇事に人々は正気を保てず、狂ったまま生きていけるほどこの世は甘くなかったのだ。

都も荒れていた。どうにか飢えから逃れられたのは貴族ばかりで、数ならぬ身の民は多くが命を落とし、その身を路傍で腐らせていた。疫病も流行った。肥え太るのは屍肉《しにく》を喰らう蛆虫《うじむし》のみで、京の都を象徴する碁盤の目状の通りは、縦も横も大も小も死臭に満ちていた。

東宮御所《とうぐうごしょ》に出仕する女官の一人、兵部《ひょうぶ》の君《きみ》の気分も荒れていた。暗い世情のゆえばかりでもない。有り体に言ってしまえばそれはまったく関係ない。荒れた気分のわけは、極めて個人的なところにあった。年が明けて、他の誰もと同じように兵部もまた一つ年をとり、数えで二十二歳になった。徒人《ただびと》の未婚女性の身で二十二歳。これで不機嫌にならないという女は、是非とも替わってもらいたい。同じ年頃の姫君は、とうに己が背の君を定めて子の一人や二人産んでいた。それを思えばぐしゃりと手の中で紙が潰れる。

「兵部？　いかがしたんや」

主人の声に、はたと我に返る。いけない。兵部は頭を振った。仕事中だった。

「あなかしこ。父のことが思われまして、少し」

嘘ではない。兵部は自分より三つ年下の主人には、絶対に嘘をつかなかった。忠義のためではなく、意味がないからだ。兵部の眼前で優雅に扇を構える楚々とした姫君、大君《おおいぎみ》は聡《さと》く、嘘を見抜かれずに済んだためしは一度としてない。女房として仕えること数年、兵部は真実の一部のみを告げて誤魔化す術を身につけていた。

「御子宰相《みこのさいしょう》か。隠れられてより四年になろうか」

大君の涼やかな声に兵部は頷く。御子宰相とは、兵部の父の通称だった。本名を源《みなもとの》基平《もとひら》といい、既に故人である。大君の記憶は正確だった。父が亡くなったのは四年前、兵部がまだ十八の、結婚適齢期の頃だった。まだ命のあるうちに兵部を誰か良い所の男君と娶《めあわ》せておいてくれれば、兵部も女房仕えなどしないで済んだものを――という亡き父への恨み節も、少なからず荒れた気分の一因であったので、父のことを考えていたというのは嘘ではない。父の死を悼んで物思いにふけっているわけではないにしても。

兵部の父は、娘の評価では、要するにぼんくらだった。皇孫、それも皇太子の王子に生まれ、臣籍降下したとはいえ尊い身分の貴公子として扱われ、生き馬の目を抜く出世競争など他人事のまま、血筋だけで従二位参議《さんぎ》まで昇りつめ、公務は人任せで大した功績も残さず優雅な一生を終えた。まあ、それはいい。恵まれた生涯で良かったと思うだけだ。だが問題は、そんなのんびりした生き方を許されるのは父の代限りで、二世源氏の子らの人生は花道を往くがごとくとはいかないのだということを、あのぼんくら父が露ほども理解していなかったところにある。『男は妻がらなり』と言い、男は揃って身分高く裕福で権勢のある家の姫をこそ妻として迎えたがる世の中、いくら身分が高くとも父を亡くし後ろ盾もない状況の兵部を妻にと望む男はそういない。せめて誰の目にも明らかな社会の理《ことわり》を、しかし兵部の父だけは理解していなかった。

命のあるうちに兵部を誰ぞと縁づけておいてくれれば今こんな苦労は！

「兵部」

苦笑し、たしなめるような声が再び大君からかかる。大君が扇で指したのは兵部の手だった。見下ろせば、手の中で丸められた紙がところどころ破れていた。

「めでたき報せを、何故《なじょう》かように手弄《てまさぐ》りに？」

「……まこと、めでたきことに候《さぶらう》」

兵部は自分がくしゃくしゃにしてしまった紙を開き、畳み直して文箱《ふばこ》に仕舞う。それは兵部の乳姉妹《めのとご》、中納言《ちゅうなごん》の君《きみ》からの手紙で、内容は新年の挨拶と近況の報告だった。妊娠したのだそうな。添えられた和歌も、子を迎える喜びに満ち溢れていた。めでたいことだ、彼女が兵部と同い年の幼馴染で、同じく父を亡くした身の上で、同じく女房として出仕しながら自活しているのでなければ。

厚く塗った化粧越しにさえ、今の気分を大君に隠しきる自信がなくて、兵部はそっと扇で顔を覆った。中納言のお腹の子の父親は京極殿《きょうごくどの》だという。京極殿といえば先の関白《かんぱく》の跡取り息子で、位は従一位右大臣、御年は二十七歳の男盛り、すこぶるつきの美形で大層な色男。対して中納言は、公卿《くぎょう》にも昇れなかった中流貴族が身分の低い家女房に産ませた娘。それが当代随一の貴公子に見初められようとは、源氏物語の明石の君もかくやというほどの出世物語、もう羨ましいやら妬《ねた》ましいやら嫉《そね》ましいやら！

手元でばきんと音がした。扇の薄板が折れていた。

「あなや」

大君はもはや呆れ声だった。「あなかしこ」と兵部は謝罪の言葉を繰り返し、笑顔を作って誤魔化す。不審さは拭いきれようはずもないが、大君は情けをかけたか深く追及しないで話題を変えてくれた。

「寿《ことぶき》すべし。返しの文と、祝いの品をば遣《や》るべきやな」

「よろしいか？」

兵部は驚いた。驚きのあまり敬語が外れた。自分の私情はどうあれ、祝いをするべきではないのではないか。

「東宮の御心や如何《いか》に。京極殿は、前《さき》の関白殿の御子におわします」

兵部の雇い主は大君の父宮、尊仁《たかひと》親王であり、彼は畏れ多くも皇太弟――東宮の位にある。雇い主といっても兵部は口を利いたこともない。それが許される身分ではないからだ。兵部の出仕に関してはすべて東宮の家政機関である春宮坊《とうぐうぼう》を通して取り決められた。それでも一家に関するすべての事項は東宮に最終決定権があり、兵部の生活の糧は彼次第なので間違っても機嫌を損ねることはできない。

そして、明け透けに言って兵部の食い扶持の出所である東宮は、京極殿の一族を嫌っている。特に宇治殿《うじどの》とはすこぶる仲が悪かった。宇治殿は京極殿の父親で、先の関白である。天皇を父に皇女を母に持つ尊い生まれだがそれゆえにろくな後ろ盾を持たない皇子と、臣下の身として望みうる最上位たる関白まで昇りつめた時の権力者。この関係性で友情が生まれたら天地が引っくり返るだろうが、東宮と宇治殿は立場的な問題に留まらず、とにかくひたすら仲が悪かった。東宮と先の関白宇治殿の不仲のきっかけは二十三年前、東宮と今上帝《きんじょうてい》の父帝である後朱雀院《のちのすざくいん》が崩御し、その遺勅により院の第一皇子であった親仁《ちかひと》親王即位と同時に院の第二皇子であった尊仁親王が皇太弟として立坊された時まで遡る。東宮の証は様々だが、そのうちの一つに東宮の護り刀である壺切御剣《つぼきりのみつるぎ》というものがあった。代々の東宮に伝領されるべき定めに従い、この時も、新帝となった異父兄から尊仁親王が壺切御剣を引き継ぐはずであった。だがここで、今上帝の母方の伯父であった宇治殿が待ったをかけた。壺切御剣はその昔藤原氏から宇多《うだ》帝に献上され、宇多帝が自身の皇太子に下賜して以来東宮相伝の宝剣と定められた。その御由緒に照らせば壺切は藤原氏の姫を母に持つ東宮が受け継ぐべきだとの屁理屈を捏ねて、新東宮に受け渡すことなく内裏に留め置かせたのである。宇多帝の御代より百五十年、その長い歴史の中で内親王を母に持つ宮腹の東宮は尊仁親王が初例だった。その尊い生まれに相応《ふさわ》しく気位は蓬萊山より高い東宮は、「されば壺切は不要」と言い切り、敢えて食い下がることをしなかった。しなかったが、遺恨は大江山《おおえやま》を越すほどに残り、その後も確執は続いた。東宮の結婚ひとつとっても、東宮ともなれば皇族や摂関家がこぞって姫を差し出してしかるべきところ、宇治殿は実娘はおろか養女さえ入内《じゅだい》させず、他の上流貴族もそれに倣った。そのため東宮の添《そい》伏《ふし》には到底東宮に釣り合わない身分の娘が娶《めあわ》された。大君らの母君、滋野井御息所《しげのいのみやすどころ》はたかだか権中納言《ごんちゅうなごん》の娘である。その後かろうじて宇治殿の姪にあたる内親王が東宮女御として入内したが、東宮と東宮女御の仲は悪くはないものの、東宮と摂関家の間の溝は埋まらなかった。結婚といえば、東宮の同母の姉宮 娟子《うるわしこ》内親王が宇治殿の甥であり養子でもある源俊房《としふさ》と駆け落ちの末に電撃結婚した際は、東宮は怒り狂って姉を絶縁せんばかりの勢いだったらしい。側近さえ手がつけられないほど荒れた東宮を何とか宥《なだ》めたのが、当時まだ八歳だった大君であったと聞いている。

ことほどさように、東宮と宇治殿をはじめとする藤原摂関家の関係は、壺切御剣の一件以降一向に改善しないまま二十余年を経過して今に至る。兵部のぼんくらな父が生前に言ったことには、「政敵とはいま少し仲良かりけるべきものなり」だとか。語義が崩壊している気もするが、まあそういうことらしい。犬と猿だってまだ東宮と宇治殿ほどには険悪ではないだろう、と称される二人の関係について、大君は以前困ったように言葉を濁した。「父上も宇治殿も才《ざえ》いとかしこうおわしませば、なお……」
——立場上、政敵となるのはやむを得ないことだが、また下手にどちらも有能なので互いの実力は認めざるを得ず、それが余計に気に食わないのだそうだ。

　東宮と宇治殿の不仲は例の枚挙に暇がないほど明白なこの状況で、兵部が中納言の君に祝いを贈るとなれば、それは実質的に東宮の財布から出るため、東宮としては政敵の孫誕生を言祝《ことほ》ぐ羽目になる。しかも、京極殿には既に他の妻との間に数人子供がいるが、いまだ娘は生まれていないため、ここで中納言の君の産む子が女であれば后《きさい》がねの姫君ということになる。誰の后かといえば、東宮の第一皇子、大君の同母弟である貞仁王《さだひとおう》が最有力候補だろう。貞仁王は既に御年十六歳で、まだ生まれてもいない中納言の君の腹の子とはやや年齢が離れているが、入内に際して障りのあるほどの年の開きではないし、他に嫡流の独身皇族男子は存在しない。だがただでさえ皇女腹《みこばら》の皇子である東宮が、自らはせっかく藤原氏と縁遠く生まれついたというのに、嫡男に摂関家の姫を娶せたがるとも思えなかった。

　祝いなど贈っては東宮の逆鱗に触れるだろう。打ち首なんてことにはならないだろうが、兵部は失職の憂き目に遭うかもしれない。父もなく、弟達もいまだ年少である兵部は、今東宮家での仕事を失えば路頭に迷いかねない。今のところ、家族の大黒柱は長女の兵部なのだ。それを思えば文を返すことすら憚られた。嫉妬で中納言の君を祝いたくないあまりの言い訳ではない。決してない。ないったらない。

　だが大君は微笑んで扇を振った。

「よろし。東宮家は礼を失すと聞こゆるべきにはあらじ」

「されど、東宮は」

「よしや父上の勘気を被《こうむ》らば、責めはみずからに」

何とも頼もしい言葉に、兵部は感動した。素晴らしい、これで逃げ道は塞がれた。いかに羨ましくとも妬《ねた》ましくとも嫉《そね》ましくとも憎らしくとも恨めしくとも、すべて腹の内に留めおいてにこやかに晴れやかに華やかに祝えと。それが簡単にできるほど人間が出来ていたら苦労しない。

いやしくも東宮家から祝いを贈るのであれば、あまり粗末にはしてくれるなとやんわりと大君に言われ、兵部は頭を下げて主の局を辞した。そうなればまず春宮坊の職員に相談の上、手筈を整えなくてはならない。ぼきぼきと音を立てながら渡り廊下——渡殿《わたどの》を歩いた。折れた扇は見苦しいしもう使えない。ならばいっそばらばらに壊して廃棄してしまおうと思って、飾り紐を引きちぎり要を外して力任せに解体する。そうすると荒れた気分をいくらかは散らせる気がした。中納言への贈り物は、まずは衵扇《あこめおうぎ》が一本。出産を控えている身なれば、色は白で絵も胡粉《ごふん》と銀泥《ぎんでい》のみで描いたものを。可能な限り地味——否、上品なものにしてやろう。

——ああ、結婚したいわぁ。切実に。一刻も早く！

婚期を逃しつつある独り身の女の悲哀は、世の荒廃への憂いを押しのけて兵部の心を満たしていた。

二　だきに【荼枳尼】

　そんな心温まる経緯を経て幼馴染の懐妊祝いを発送した数日後、兵部《ひょうぶ》は大君《おおいぎみ》と伊勢物語を読んでいた。百年以上前の実在の貴公子を主人公にした古い物語だ。教養というものである。

「『はや夜も明けなんと思いつついたりけるに、鬼はや一口にて喰いてけり』——鬼と言わば、都にもまた鬼の出でて市女《いちめ》をば食いにけるとや」

「鬼か、荼枳尼《だきに》か。子を孕みたるなれば、いと便無《びんな》し。正月から世も荒れて、うたてゆゆしきことよ」

　兵部が物語の音読をいきなり中断して世間話を振っても、大君はそれに乗ってきた。昨今都を騒がす物《もの》の怪《け》騒ぎは兵部の耳にも届いていたが、被害者が妊婦だったとは知らなかった。想像して吐き気がこみ上げた。深窓の姫君である大君に、一体誰がそんな血なまぐさい報せを伝えたやら。

　都の荒廃はいまだ深刻であった。大路で、小路で、至る所に骸《むくろ》が転がっていると聞く。もともと都に少なくなかった野犬のみならず、山の狐も腹を空かせて降りてきたと見えて、夜な夜な響くケエンという鳴き声がいやに近かった。仏道に伝わる悪鬼夜叉の一に荼枳尼天という羅刹女《らせつにょ》があるが、狐を従える荼枳尼天は死の臭いを好むという。されば、荼枳尼天に恐れおののく民の声もまた悲痛な泣き声となって都に満ちていた。

飢えに喘がねばならない身分に生まれついたのでないことには、感謝せねばならないのかもしれない。兵部は絵巻物に視線を落とした。

「――『あなや』と言いけれど、神鳴《かみな》る騒ぎに、え聞かざりけり」

「ようよう夜も明けゆくに、見れば、率《い》て来し女もなし。足ずりをして泣けども甲斐なし」

あまりの生々しさに辟易して、自分が振った鬼の話に特に返しもせず兵部が物語の音読に戻っても、やはり大君は乗ってきた。

こういうところが、器が大きいというか気遣いが細やかというか、兵部は主人には恵まれたのだとは思う。だからこそ余計に身の内にわだかまった鬱屈の持って行きようがなくて、悶々とする。晴らせぬ鬱憤は一瞬兵部の唇を凍りつかせた。大君が微苦笑する。

「兵部、終わりの歌を読までは芥川《あくたがわ》も終えられず」

「――白玉か何ぞと人の問いし時、露と答えて消えなましものを」

在原業平《ありわらのなりひら》のかの有名な一首を歌い上げ、兵部は絵巻物を閉じた。伊勢物語中の一篇、『芥川』は、在原業平と二条后藤原高子《にじょうのきさきふじわらのたかいこ》の恋物語と伝わる。夜に二人で抜け出して逢引したが女は鬼に食われてしまう、というただそれだけの話だ。藤原高子は、水尾《みずのお》帝に入内し皇太子を産みまいらせてついには皇太后に昇ったという、兵部にしてみれば何とも羨ましいばかりの女性である。鬼に食われたのではなかったのか。皇太后になれるなら兵部だって鬼に食われたい。無意識に高坏《たかつき》に手が伸びた。むしゃむしゃと咀嚼しごくりと飲み込む。

「兵部や、今の汝は二条后よりは鬼のようにて。『はや一口に喰いてけり』」

「美味に候《さぶらう》。大君もいざ、聞こし召せ」

大君はまたも苦笑し、先程から兵部ばかりが口にしていた高坏の上の餅を一つ手に取り頬張った。

「確かに、美味や」

「三日夜《みかよ》の餅もかく候や」

自分で言った言葉が自分の胸に刺さった。

餅は、先日兵部が妊娠の祝いを贈った中納言《ちゅうなごん》からの返しの品だった。さすがに東宮家に献上するものだけあって味は大変によろしかった。

「何故《なじょう》みずからに尋ぬるや？　寡婦《やもめ》にてあるぞ」

大君は呆れた様子も見せず、面白い冗談でも聞いた風な態度でにこやかに言い放つ。寡婦とは未婚の身のことで、夫に先立たれた妻の意はない。大君も兵部と同じく独身だった。それで多少は救われる、かと言えばまったくそうではない。兵部の胸の奥に鬱屈したものがほんの少し濃度を増した時、割って入った声があった。

「大君、兵部の君、三日夜《みかよ》の餅とても常の餅と違うところなきものにて候《さぶらう》。ただその夜に餅を出しはべらば、それをば三日夜の餅とぞ呼び候」

側《そば》仕えの女房から声がかかり、兵部はきっと女房を睨んだ。下問もなく口を差し挟むとは、無礼に過ぎる。だが兵部より身分が上の大君が「さようか」と受け流してしまったので、咎《とが》めることはできなかった。

三日夜の餅とは、婚礼の儀にて新郎新婦が食する餅のことだ。当然その味を兵部が知っているはずもない。知っているのは既婚者に限られる――大君は甘すぎる、兵部のような話し相手の侍女ならばともかくも、その身を動かして労働に従事する身分低い女房などの直答を許すとは！　別に既婚者への嫉妬ではない。ないったらない。

高坏に残る最後の一つを頬張りつつ、兵部は側仕えの女房――既婚者とたった今判明した――に、片付けろ、の意を込めて新しい扇を振った。兵部の二番目の弟が昨年の春に送ってきたものである。若いながら生意気に歌を詠みこなす次弟は、折に触れて季節の歌を書きつけた扇を兵部や他の兄弟に送ってくるのであった。さして大きくもない扇に所狭しと書きつけられた歌は『山桜いつを盛りとなくしてもあらしに身をもまかせつるかな』『折りふせて後さへ匂ふ山桜あはれ知れらん人に見せばや』『もろともにあはれと思へ山桜花よりほかに知る人もなし』と三首。山桜を詠んだ歌を春以外の季節に持つのは雅でなく、長く文箱に仕舞ったままだったが、ちょうど年も明けて暦も春となった頃に兵部はそれまでの扇を折った。以来、弟の歌は文字通り兵部の手の中にある。

山桜の歌ごと兵部が振った扇の動きに応え一礼して高坏を持ち上げた女房は、若いがさして美しくもなかった。兵部はこっそり息を吐く。世の中とは何と不条理なことか。給仕や掃除に従事する身分低い女にさえ夫がいるというのに、箸と扇より重いものを持たない身分高き源氏《げんじ》の姫君である兵部が、夫どころか恋人すらいないとは。

「三日夜の餅か。みずからの知るよしはあらずめり。兵部、汝が背《せ》の君《きみ》と逢うたる暁には、みずからにも与えよ」

「……是非にも」

兵部の顔は引きつった。そんな暁が来ることを切望しているが、その暁を遠ざけている一因は大君であるのに。わかっていてかいないでか、主の言葉は的確に兵部の心を抉った。

兵部に縁談が来ないのは、一つには父が没し後ろ盾がないためというのは今更言葉を割くまでもない。ただ、舅からの後見という実益を得られなくても、名ばかりの高貴な身分をありがたがる成り上がり貴族はいないこともない。いないはずはない。絶対にいるはずだ。

　ただし、昨今の成り上がりは、兵部に文など寄越そうと考えもしないくらいには道理を弁えた人間が多かった。三代遡って曾祖父は帝ともなれば、軽々しく声を掛けていい相手ではない、と中流貴族の公達《きんだち》などは考える。下手をすれば身の破滅だからだ。一人ぐらい身の破滅も顧みず忍んで来るくらいの度胸を見せんかい、と当の兵部は思う。

　――いや、いないことはなかった。

　身分の不釣り合いをものともせず、あるいは承知してなお抑えきれぬ恋心ゆえ、はたまた単に身の程知らずの浅慮ゆえに、文を寄越し忍んで来ようとした公達もいないことはなかった。兵部ではなく大君のところに。

　当然といえば当然だった。どうせ身分の高い姫君を畏れ多くも慕い申し上げるなら、源氏の姫より皇族の大君に流れるのが道理というものだ。道ならぬ恋に身を焦がすなら、相手は女王《にょおう》のほうがより燃え上がる。それに――大君は兵部より三歳も若い。

「誰ぞ心に想う公達はありや？」

「夢にも」

嫌味かとも思ったが、大君の言葉は真摯で穏やかだった。捻くれているのは兵部の心のほうなのだろう。

寝食を同じくする大君と兵部。通う手間も障壁もさほど変わらないなら、公達は大君に流れるのだった。兵部のもとに男から文が届いたと思えば、それは大抵大君への取り次ぎを願うものだった。やりきれない気持ちになって幾度か握りつぶした。そうしたらどこをどうやって耳に入れたやら、東宮からのお褒めの言葉を預かった遣いが来た。東宮には娘が四人あるが、わけても長女の大君への鍾愛《しょうあい》は凄まじい。大君の言葉通り、結婚など決して許さないだろう。

それでも、兵部と違い、大君には一生を未婚の身で過ごすことへの不安はない。それは大君と兵部の器の違いではない。ないはずだ。少なくとも器量度量のみが理由ではない。日がな一日近侍せねばならない相手に格の違いを見せつけられて惨めたらしい思いをするなんて御免だから、その理由は別のところになければならない。

――やはり、あのぼんくら父が悪い。

かくして兵部の思考は亡父に責めを帰す。大君は女王であり、兵部は徒人《ただびと》である。婚姻に対する態度の違いは、そこから来るものに違いない。

皇族女性は未婚が多い。その尊い身分に釣り合う男君がなかなかいないためもあるが、最大の理由は神への奉仕だった。

伊勢神宮で天照大神《あまてらすおおみかみ》に仕える斎宮《さいくう》と、賀茂《かも》神社で神事に奉仕する斎院《さいいん》。両斎王《さいおう》は、清らなる皇族女子から選ばれる。斎王は天皇一代に一人ずつが原則だが、病を得たり実家に不幸があったりでよく退下《たいげ》する。現に、今の伊勢斎宮も賀茂斎院も今上帝の代では二人目だった。つまり、斎王候補は常に控えが一定数必要なのであり、内親王や女王は未婚で恋人すらいない身をしばらく保つことが求められる。斎王の勤めの間、あるいは次代斎王候補として控えている間に婚期を逃し、未婚のまま生涯を終える皇女は少なくない。ただでさえ釣り合う相手がなかなかいない身分なので、皇族の女子が未婚のまま生涯を終えることは恥ずべきことではなく、むしろそれが内親王・女王の常だった。

だが、それは皇族女子に限った話だ。兵部も釣り合う男がなかなかいない身分ではあるが、斎王の勤めを言い訳にはできない。それもこれも父のせいだ。父が臣籍降下などせず皇族に留まっておいてくれれば、兵部だって女王の身。そうなればせめて伊勢斎宮を未婚の言い訳にできたというのに。親王の息子とはいえ嫡男でない王子は臣籍降下するのが常ではあるが、源氏に下ったからには娘の縁談くらいきっちり責任をもって片付けてから逝けというのだ、まったく！

「――大君」

「何ぞ」

「誰ぞ良き男君あらば、仲立ちさせ給え」

兵部の主人は、ぱちくりと瞬いた。もうこの際、大君のおこぼれで良いから誰ぞと娶せてほしかった。大君に文を送る公達は多く、しかし父宮の東宮はそれを好まないのだから、彼らの恋は叶わない。ならば兵部に払い下げてもらったって罰は当たらない、と思う。

「みずからが仲立ちせば、それこそ三日夜の餅は夢にも遠からん」

「……さもあり侍《はべ》らん」

まあ、世の中そうそううまくはいかない。兵部よりも若く、兵部と同じくらい男から遠ざけられている大君には、月下氷人は荷が勝ちすぎるだろう。

そう思ったが、主が続けた言葉は兵部の理解を超えていた。

「――それでも良からば、今年のうちには何とかなるべし」

今度は、瞬いたのは兵部のほうだった。三日夜の餅が遠ざかるのと、何とかなるのは両立しない。聡明なことで聞こえる大君が、こんな道理の通らぬことを言うとは思えぬ。主人の真意を量りかねて兵部は無意識に扇を持つ手を下げていた。

身分も立場も忘れてついぶしつけに大君を見れば、主はふふ、と微笑んで扇で顔を隠してしまった。

三　咲殻【さきがら】

大江山、いく野の道の遠ければ……

権中納言藤原経家《ごんちゅうなごんふじわらのつねいえ》は、都の最北東に隣接する東北院《とうほくいん》からの帰り途、八葉車《はちようのくるま》の中で無意識に古い歌を口ずさんでいた。

あまりにも有名な小式部内侍《こしきぶのないし》の一首は、妻のお気に入りだった。この歌のいわくは、小式部内侍の母、和泉式部《いずみしきぶ》が歌人としてその名を都中に響かせていたことに端を発する。娘の小式部内侍が歌合《うたあわせ》に参加した際、ある公卿が「母親から代作の文は届いていないのか」とからかった。若かりし日の小式部内侍は公卿の挑発に乗った。すぐさま即興で歌を詠んだのである。

――大江山いく野の道の遠ければまだふみも見ず天の橋立

大江山を越えた生野へ行く道すら遠いというのに、まして母の住む天の橋立など踏み入ったこともなければ文も届いておりません、というわけだ。わずか三十一《みそひと》文字の中に掛詞を二つも入れ込んだ、当意即妙の極みともいうべき歌に、からかった公卿は返歌の礼も失して立ち去ったと伝わる。

小式部内侍の才気煥発なことを称えるこの逸話の中で、いわばやられ役として後世の人にまで笑われる公卿の名は、四条中納言定頼《しじょうちゅうなごんさだより》。彼もまた歌の名手として聞こえ、それだけに小式部内侍の評判は高まった。後に二人は恋人同士となるが、結婚には到っていない。

この歌がなぜ経家の妻のお気に入りなのかと言えば、妻が小式部内侍の娘であり、経家が四条中納言の跡取り息子であるからだ。妻は母にあやかり、ことあるごとに大江山の歌を引いて経家をやりこめようとしてくる。その態度に時折苛立ちもしたが、和泉式部の薫陶を受けた小式部内侍と違い、早くに母を亡くした妻の歌の出来は今ひとつだった。妻は当代きっての女流歌人の手ほどきを受けるどころか、母の顔も覚えないうちに死に別れた。それを思えば苛立ちより哀れと思う心が勝り、父母の他愛ない逸話を幾度も繰り返しなぞろうとする妻の言動も、やれ可愛やと笑って済ませることもできた。

――早くに親を亡くした子は哀れだ。

妻を見るにつけそう思った。この世は、親の引き立てがすべてだ。子は親より出世することはなく、どんな名家も代を重ねるにつれじりじりと位は下がっていく。たった一人、跡取りだけは親の地位に並ぶことができるが、それも親の必死の引き立てあってこそだ。稀に親より出世する者もあるが、そんなものは万に一つの奇跡でしかない。

経家は自らの身位を振り返る。齢五十一の晩年にあって、正三位《しょうさんみ》権中納言。四条中納言の極位極官は正二位《しょうにい》権中納言。官職こそ父の極官と並んだが、位は一歩及ばない。そして、歌人として聞こえた名声も、父にあって経家にはない。それでも没するまで、父はよく経家の後ろ盾を務めてくれた。なればこそ、権中納言まで昇れたのであろう。しかし、自分はどうやらここまでだ。どうにか年は明けたが、次の冬までは生きていまい。もういい年であることだし、身体はあちらこちらから不調を訴えている。ひたひたと近づいてくる死の足音を、もはやどうしようもなかった。死の臭いを嗅ぎつける荼枳尼天はきっと、経家の家の周りを徘徊しているに違いない。

五十年は短い命ではない。よく生きた。このまま正三位権中納言で終わることにも、自分自身の不満はない。妥当なところだと思っている。

だが、自分の後を思うと、胸に息苦しさを覚える。じわじわとこの身体を蝕み死に追いやる病魔のせいばかりではない。

この世にあって、親の後ろ盾のない子がどれほど哀れか。妻も哀れだが、あれはまだましなほうなのだ。もっと哀しい例を身近に知っていた。だからできる限り長く生き、息子の後見に尽力しようと心に決めて、実際そうしてきたつもりだった。だが、息子二人が元服した今、現実は無情だった。親としての必死の引き立ての結果は、情けない逸話の残る父のそれより劣る。

ギリ、と唇を噛む。経家の何より愛しい息子は、中納言には昇れまい。親の努力が足りないわけではなかったはずだが、如何《いかん》ともしがたい事情がそこに横たわっていた。

「何故《なじょう》……！」

思わず呟く。経家は、東北院からの帰りだった。東北院への訪問は、主家の当主の姉君である女院――上東門院藤原彰子《じょうとうもんいんふじわらのあきこ》のご機嫌伺いと、彼女に仕える女房の中納言の君とやらの懐妊祝いが目的だった。

中納言の君は公卿の姫ですらなく、正三位権中納言の経家がわざわざ出向いて見舞う相手ではない。経家が足を運ばねばならなかった理由は、お腹の子の父親、京極殿であった。中流貴族の娘に用はなくても、主家の嗣子《しし》には礼を尽くさねばならない。妾腹の六男ながら、摂関家の跡取りにおさまった稀有な例だ。

跡取りの番狂わせの皺寄せは、経家の大事な息子が負うことになった。京極殿の長兄は若くして没し、次兄以下四人はいずれも他家に養子に出されており、そのために六男が跡を継ぐことが可能になったのだった。四人のうちの一人を引き取ったのが経家だった。

嫌とは言えない。経家にとって、摂関家は主家だ。命じられれば是と答えるしかなかった。血の繋がった息子を引き立て、ゆくゆくは自分に並ぶ位まで引き上げてやる望みはそれで潰れた。主家より迎えさせられた養子に掠め取られる形で。

――大江山いく野の道の遠ければ……

歌人としては鳴かず飛ばずで、一公卿の妻で生涯を終えるしかない女を哀れと思った。顔も覚えていない親の名声にしがみつくことしかできないのなら、それに付き合ってやろうと思うくらいに。その妻と同じ途を、命より大事な我が子に歩ませねばならぬとは。

腸が煮えくり返るほどの熱は、しかし発散する場所もなくただ身の内に留めるしかない。権勢を誇る摂関家へ、生まれてこの方ずっと主筋と仰いだ家へ、叛逆などできるはずもなかった。行き場もなくただ身の内を巡る熱を持て余していると、ふと先の見舞いで目にした豪華な祝いの品の数々が脳裏に甦った。

『東宮家《とうぐうけ》からの品に候《さぶらう》』

中納言の君の懐妊は明らかになってから日が浅く、その報せはごく内々にしか届いていなかった。ゆえに、摂関家の跡取り息子の胤《たね》とはいえ、まだ祝いや見舞いの品はそれほど届いていなかった。京極殿には既に正妻との間に跡取り息子が生まれているせいもある。

そんな状況であるから、経家に先んじて届けられていた豪華な祝いの品には少なからず驚いた。経家は摂関家の家中、いわば身内であるから情報が早い。その経家の先を越すとは一体誰か。名を聞いて余計に驚いた。東宮といえば先帝の皇子、しかも内親王皇后を母に持つ皇女腹の親王で、両親ともに皇族であるから、当然藤原氏との血縁関係はそう濃いものではない。しかも、京極殿の父親である先の関白宇治殿と東宮は、個人的にも犬と猿もかくやというほどの仲の悪さで有名だった。

『基子君《もとこぎみ》……御子宰相《みこのさいしょう》の姫君は、東宮の大君に侍《はべ》り申し給えるに』

中納言の君がそう説明した。東宮家に出仕する兵部の君――御子宰相　源　基平《みなもとのもとひら》公の北の方腹の総領姫――は、中納言の君の幼馴染なのだという。御子宰相と、中納言の君の父である美濃守藤原基貞《もとさだ》は、共に権中納言藤原良頼《よしより》卿の娘を妻とする相婿《あいむこ》の関係であった。美濃守基貞といえば多くの子女に恵まれたことで聞こえる。つまり中納言の君の父は女癖が悪かった。藤原良頼卿の娘が懐妊中、同家の家女房に手を出し、そして生まれたのが中納言の君である。召使いに夫を寝取られた形になった美濃守の妻は当然怒ったが、そこを妹姫である御子宰相の内室が取りなした。妹姫もまた御子宰相の第一子を懐妊中であり、家女房に子が生まれて乳が出るようになれば乳母として丁度よかろうという目論見であった。そして妹姫が産んだのが兵部の君であり、兵部の君と中納言の君は乳姉妹として育った。

『兵部の君はいとやんごとなき御方《おんかた》におわしますに、げに良きにあそばし給いて』

御簾《みす》越しにも、中納言の君が無邪気に喜んでいることがわかった。だが経家は、その兵部の君という娘のことを聞いて、妻を思い出した。哀れに思った。

御子宰相は決して早死にしたわけではないが、娘の婚礼も息子の元服も見届けずに薨去《こうきょ》した。親の引き立てがなければ子は惨めだ。帝と「源」を同じくする源氏の尊い姫君といったって、それが何になろう。名こそ尊いが、源の姓を賜るとは所詮天皇家の嫡流争いに敗れて皇位を望むべくもなくなった血筋ということだ。親の身位に届かず落ちてきた世代だ。親の引き立てなくば男は出世もままならず、女はろくな婚姻を望めない。果たして独身の身である兵部の君とやらは、どんな心持ちで豪華な祝いを贈ったやら。

ケェン、と狐が鳴き、野犬の吠える声も響いた。はっとして経家の意識は東北院から車の中に戻る。物見窓を開けて外を見れば、暗くなりかけた東京極大路《ひがしきょうごくおおじ》に転がる人の形をした影に、四つ足の動物が数頭群がっていた。

穢《けが》れの臭いに眉を顰めて経家は物見を閉じる。世は、都は荒れるばかり。かつての繁栄も今は昔、時とともにじりじりと悪いほうへ転がり落ちていく。人の世もやはり同じだった。

自分一人なら悟りきれたのかもしれない。しかし何より愛しい我が子を思えば、残り少ない命ながら、まだ諦観に身を任せる踏ん切りはつかない。世の例に倣い出家して静かに寿命を待つ余裕はない。

経家は八葉車の中で、唇を噛みながら老骨に鞭打って背筋を伸ばし、白の衵扇《あこめおうぎ》を握り締めて居住まいを正した。

四　かうあはせ【香合】

暦が春より夏へ移り変わろうとする頃、相も変わらず空は荒れ空気は冷たいまま、花は開かずどうにも辛気臭い日々を過ごしていた兵部《ひょうぶ》は、目下かちこちに緊張していた。今年に入ってから既に数えきれないほど氾濫した賀茂川がまたも暴れたとの話で都中がもちきりだったが、そんなことはどうでもいいくらいに緊張していた。

いつものごとく兵部は大君《おおいぎみ》に近侍していたが、その局は本日客人を迎えてまことに賑やかだった。客は三人、うち二人は大君の同母の妹君である中の君と三の君。二人の妹君の居所は東宮御所ではなく、普段は母君の住まいであった滋野井第《しげのいだい》に別居している。大君が当代の東宮御所である閑院《かんいん》から五町の距離を隔てた滋野井第に住む妹君達を自室に招いて何くれとなく世話を焼くのはよくあることだったので、彼女らの姿は今さら驚くにはあたらない。兵部は大君に常から近侍する身なれば、その大君と同じ生まれの年若の女王らは畏るるに足らず、今さら畏《かしこ》まる理由はない。兵部の緊張の理由はもう一方、対《たい》の屋の主であるはずの大君が上座を譲る御方にあった。

「芥子《けし》の実を、こうして」

香具を前に、練り香の製法を姫君達に教えている御方は、斎院女御《さいいんのにょうご》と称される。四十がらみの、威厳に満ち溢れた高貴な女宮。二品《にほん》内親王の尊い身位にあり、准三后にも叙された嫡流の皇女は、本来ならば兵部はおろか一介の女王に過ぎぬ大君さえ、軽々しく呼びつけていい相手ではない。まだ御年十三の中の君や十二の三の君は、そのあたりの事情をよく飲み込んではいないようで、ただただ目を輝かせきゃらきゃらと歓声を上げながら練り香作りに夢中になっている。若いとはげに羨ましきことかな。兵部はただただ部屋の隅で固まるしかなく、同席を命じた大君に内心で恨み言の一つも言いたくなった。

中宮《ちゅうぐう》の妹宮にあたる貴人と大君がよしみを結び得たわけは、斎院女御が東宮の嫡妻であるためである。大君をはじめとする姫君らの母上ではないし、王女らを養子として迎えたわけでもないが、大君は父東宮の正妻である斎院女御に敬意を払い、弟君や妹君らにもそれに倣うよう申しつけていた。通常であれば同じ男の妻同士、また腹違いの子らは、あまり仲良くはなれないものである。だが東宮の王子女の母君滋野井御《しげのいのみ》息所《やすどころ》は既に亡く、斎院女御の産み参らせた御子はいずれも夭逝したこともあり、そこへ大君が斎院女御を尊重する姿勢を見せれば女御とても拒絶する理由はなかったのだろう。かくして、ものの道理をよく弁えた大君の行いにより、斎院女御は門外不出であるはずの香の製法まで教えるほど姫君らと打ち解けなさって、局の角で兵部が胃の痛い思いをするに至ったのである。

「兵部、汝も近う寄りて教えをたべ」

ぎゃあ、と兵部は内心で悲鳴を上げた。大君の気遣いであることはわかっている。香りは髪と並んで女の命であるゆえ、薫物《たきもの》の製法はどこの姫も門外不出にして夫にさえ明かさないもの。それを畏れ多くも内親王がお教えくださるというのだから、一も二もなくありがたくお受けするのが当然。常ならば恥も外聞もなく頼み込んでも授けられぬ秘法であるのだから。だが、しかし。

「畏《かしこ》きこと多くて」

畏れ多いんじゃあ！　と叫んで拒絶できればどれほど楽か。顔が引きつって白粉が割れそうだった。

「よろし。来よ」

当の斎院女御からそう御声がかかれば、否とは言えない。もう灰になりたかった。

「中の君、三の君、少し寄られよ」

「諾《を》、姉上」

二人声を揃えて年若の妹姫達は脇へ寄り、兵部が座る場所を空ける。主筋の姫君に座を譲らせるとは、もう申し訳ないやら畏れ多いやらで今すぐ逃げたい。だが主の気遣いを無にすることこそこの場で一番避けなくてはならないことである。兵部はどうにかこうにか必死でいたたまれなさを押し殺し、斎院女御のほど近くまで寄った。常ならば御簾越しにしか対面が許されぬはずの女宮の、紅の色までくっきりと見えた。

「我の香には、よう芥子を使うてな」

「け、芥子に候《さぶらう》か。いと珍《めづら》かに侍《はべ》り」

芥子の実は護摩の法術などにはよく使われるが、身だしなみやお洒落、または遊戯としての薫物にはあまり使われるものではない。

「さよう。東宮も好まれてあり」

余計に畏れ多い。引きつった頬の上から今にも白粉が落ちそうだった。

斎院女御の製法はしかし、芥子の他の材料は沈香や梅など、薫物によく使われる材料ばかりだった。合わせて練り込み薫き匂わせると、王道の芳香に芥子の実がいかにも気の利いた一味を加えて、個性的で魅力的な香りが鼻を誘惑する。

「伽羅《きゃら》などは容易くは手に入らぬが、芥子の便《びん》はいと良きにていかようにも合わせらるるゆえ、汝らの香にも使われよ」

「諾《を》！」

気分の良い返事は中の君と三の君から。無邪気な年頃とは羨ましい。兵部は恭しく頭を下げるのが精一杯だった。

大君が軽く扇を上げて提案する。

「さらば女御、芥子を用いて皆で薫物合わせなどいかが思《おぼ》すらむ？」

「よろしからん」

——この場で香合わせを？

兵部はいっそ気絶してしまいたかった。初めての材料を使ってぶっつけ本番で香を練り、しかもそれを斎院女御はじめ主家の姫君に披露する。下手なものを作れば大恥だが、うまくやれる自信などこれっぽっちもない。兵部も一応貴族の姫として香の嗜みはあるが、香道に深く精通しているというわけではないのだ。

しかし、中の君、三の君は歓声は上げて賛成し、早くも手元で自分の香を練り始めた。大君も、微笑んで妹君らを見守りつつ、手際よくいくつかの材料を練り合わせている。兵部も致し方なく、半ば自棄《やけ》で香具を手に取った。

主筋の不興を被るわけにはいかず、兵部は必死になってありったけの知識を動員して香を練る。対照的に、中の君や三の君はおしゃべりに興じながらで、気楽なものだった。

「女御、女御。芥子の実を用《もち》うはいずこにて知り給えりや？」

三の君が無邪気に問う。斎院女御は無表情にさらりと答えた。

「賀茂にありし頃、社《やしろ》にて」

斎院女御は東宮に入内する前、賀茂神社にて斎王として奉仕した経験があった。三の君は笑顔で頷く。

「さらば、賀茂にまで届く香を」

「何を申す。さらばまろは伊勢までも届く香を」

中の君が対抗心を燃やす。妹二人のやり取りを、大君は微笑まし気に見ていた。

内親王や女王に囲まれ芥子の香りに包まれて、なぜ自分がここにいるのかよくわからなくなりながらも、兵部は手を動かして何とか香を完成させる。薫物を褒めてくれる男君もいないのに、という常の寡婦《やもめ》思考は、この時ばかりは浮かばなかった。

五　ぬえ【鵺】

地震、台風、火事、刃傷沙汰に物の怪騒ぎ、僧侶の強訴《ごうそ》に怪しげな法師陰陽師の煽動、大路小路に転がる骸に野犬の群れ。

相も変わらず都は騒々しく、帝は病にお伏せりとの噂が左京――貴族の邸宅外に駆け巡った。だが、主に付き従い東宮御所《とうぐうごしょ》の大君《おおいぎみ》の局にほとんどこもりきりの兵部《ひょうぶ》としては、天地の怪異は差し当たりあまり身近ではない。

大内裏《だいだいり》は先年の火事で焼失し、再建を待つ現在、帝は里内裏《さとだいり》にあたる賀陽院《かやのいん》に居住なされていた。賀陽院は、現東宮御所の閑院《かんいん》より真北にわずかに三町。だからか、とかく情報が早かった。帝の不調と合わせてもたらされた噂話いわく、近く立后の儀が行われるという。いやはや何とも、中納言の君といい新后といい、自分ではない女の出世の報せほど心ざわつくものはない。

胸をひりつかせる報せをもたらしたのは、斎院女御《さいいんのにょうご》だった。先日の香合わせで薫いた芥子の匂いは、いまだ兵部の髪にも着物にも染み付いている。源氏物語の葵の巻を思い出す。嫉妬に駆られた六条御息所《ろくじょうのみやすんどころ》が生霊《いきりょう》となって葵の上を襲うが、六条御息所にその記憶はない。ただ、目覚めるといつも悪霊退散の加持祈祷に使われる芥子の香りが染み付いている、という描写があるのだ。いまだ清らな身の上に焦る兵部としては、自分が嫉妬のあまり生霊を飛ばしているような錯覚にも陥り、余計に気分が沈んだ。

　だがそんな兵部の心とは裏腹に、先日の薫物合わせはいたく斎院女御のお気に召したようで、今日になって大君のもとに和歌を書きつけた扇と文が届けられた。あの日斎院女御は徹頭徹尾ちらりとも微笑みを見せず、声も厳かで終始厳格な姿勢を崩さなかったが、あれは彼女の生来の気質かはたまた尊い身位の皇女たらんとしたゆえか、とにかく不興を被ったというわけではなかったらしい。大君は届けられた文をにこやかに読んでいる。まったく、跡継ぎのない正妻とくれば、普通は身分低い妾から生まれた姫など疎《うと》ましがるものだが、大君はどうにも敵を作らぬことに長けている。良く弁え、出しゃばらず、相手を立てて礼を尽くす。そんな兵部の内心を見透かしたように、ふと大君が顔を上げた。

「兵部。汝も、この先何があらんとも女御をばな軽《かろ》みたてまつりそ、な侮《あなづ》りたてまつりそ。常に頭《こうべ》を垂れ畏《かしこ》み申すべし」

「諾《を》」

　そう答えはしたものの、兵部はやや訝しく思った。相手は生まれついての皇女であり、内親王宣下を賜り、准三后の待遇をも受ける御身である。天地が引っくり返るほどのことがなければ、女御がその地位から落ちてくることはないだろう。翻って、所詮は源氏の姫である兵部がどれだけ出世しようとも、皇族に列することなどあろうはずもない。とすれば、兵部が終生斎院女御より一段も二段も低い立場より畏まって接することは、ごくごく当然のことなのであった。その程度のことは、今さら年若の大君に言われるまでもなく理解している。常識以前の問題を弁えていないようでは、東宮御所への出仕などかなうはずもない。それに、それ以前に、あの厳格な気質が全身から滲み出ている女宮に無礼を働ける度胸は兵部にはない。明け透けに言って、怖い。

だが、常日頃穏やかな大君は、この時はいつになく強い口調で念を押した。

「みずからに誓えるか?」

「無論《ろん》候《さぶらう》」

「よろし。ゆめ忘るな」

兵部が首を捻っていると、大君は斎院女御からの文を差し出した。読めば女御の字は何とも威厳に満ち溢れており、高貴な御方は筆跡までかくあるかと内心で感歎する。しかし、その内容は先程大君が口頭で説明してくれていたので、何も目新しいことはない。時候の挨拶と、先日の薫物合わせで楽しい時間を過ごしたことへの礼と、内裏に関するちょっとした噂話——すなわち、今上帝は近頃体調が思わしくないこと、それにもかかわらず近く立后が行われるということだった。

今上帝には、既に正式な后が二人ある。中宮《ちゅうぐう》の二条宮《にじょうのみや》と、皇后《こうごう》の四条宮《しじょうのみや》である。

昔は后は一人と定められ、中宮は皇后の別称に過ぎなかったらしいが、兵部にはぴんと来ない。ここ四代の帝はほとんど皆皇后と中宮の二后を立てていた。その初例は、一条院《いちじょういん》皇后宮藤原定子《ふじわらのさだこ》と中宮藤原彰子《ふじわらのあきこ》に始まり、後者は二代の国母となり女院と称され、今は東北院にあって兵部の幼馴染中納言の君の出仕する相手であるのだが
——嫌なことを思い出した、やめよう。

とにかく、既に后があるにもかかわらず新たに立后の儀が行われるのは、珍しいことではない。大君は文を扇で指して、いつも通りの穏やかな口調に戻って言った。

「如何《いか》に思うや？」

扇が指した箇所は、立后云々の部分だった。

「后《きさい》の宮が三所《みところ》並び立ち給えるとは、例なきことかな」

「まことに」

あと少し嫌悪が混じっていたら苦々しいと感じたであろう口調で、大君が首肯した。

斎院女御の筆にも、感情を抑えてはいるが、どこか突き放したような冷淡さを感じた。

少なくとも、新后冊立《さくりつ》をめでたく思っているような書き方ではない。

兵部は頭の中に系図を思い浮かべる。今上帝の中宮として最初に立后されたのは、

二条宮章子《あきこ》内親王。彼女は斎院女御の同母の姉宮である。そのため斎院女御は今上帝の後宮に詳しく、情報が早いのであった。

二条宮の後に皇后として冊立されたのが、当時関白であった宇治殿《うじどの》の長女、藤原《ふじわらの》寛子《ひろこ》である。今は四条宮と称される彼女はちなみに、中納言の君の夫である京極殿の同母の姉君だが——これもやめよう、嫌なことを考えれば心がひりつく。

しかし、四条宮の立后にあたっては当時、多少の不満が聞かれたという。不満の主は当時五つであった兵部であるはずもなく、四条宮より先に入内《じゅだい》していた女御《にょうご》藤原《ふじわらの》歓子《よしこ》だった。小野《おのの》女御と称される彼女の父は当時内大臣だった大二条殿《おおにじょうどの》、藤原教通《ふじわらののりみち》卿。彼は宇治殿の同母の弟であり、つまり小野女御は四条宮と家格は同等だった。しかも、生母の出自がはっきりしない四条宮に比べ、小野女御は大納言の娘を母に持ち、かつ夭逝したものの唯一今上帝の皇子を産みまいらせていたのである。そういった事情にもかかわらず、小野女御を飛び越えて四条宮が立后された。その際の小野女御の心中や如何《いか》に。兵部が小野女御の立場だったらたまらない、きっと手がつけられなくなるほど暴れてしまう。

その小野女御が、この度やっと立后される運びになったのだそうだ。とはいえ、一《いっ》品《ぽん》内親王である二条宮にしてみれば、相手が四条宮だろうと小野女御だろうと面白くはあるまい。所詮徒人《ただびと》の姫君が、一人ならず二人までも正統の皇女である自分と同じ位に並び立つ。妹宮である斎院女御の威厳を思えば、姉宮の気性も何となく想像はつく。そもそも新后冊立にあたり、先達の中宮は皇后に移動するのが慣わしであったが、二条宮は中宮に留まった。その理由は、皇后宮など聞こえは良いが実態は宮中から追い出される后への名誉称号だと言って、二条宮自身が頑として皇后叙位を拒絶したからである。皇女の気位とはげに恐ろしや。兵部は、自らの主人が大君で良かったと思った。高貴な姫君ではあるものの生母の身分が低く、また長く日蔭の宮と呼ばれて不遇なことの多かった東宮の第一子である大君は、それなりの苦労を知っているためか穏やかで下々の者にも親しみやすい。

その親しみやすい大君は、珍しく憂い顔だった。

「后の宮は一所《ひとところ》。道理の乱るれば、世の乱れ悪しかりけるもむべなるかな」

「末法《まっぽう》の世に侍《はべ》るかな―」

「末法、な」

釈尊の入滅から二千年後、世に仏の教えを解するものは誰もいなくなり正法《しょうほう》の行われる場所はどこにもなくなる、と伝わる。その末法突入の年が、今から十六年前の永《えい》承《しょう》七年。兵部はわずか六つで何も覚えてはいないが、物心ついてからこちら毎年何かしら災厄は起こり、平穏無事な一年を過ごしたという記憶はない。いま少し年のいった者の話を聞くに、永承七年の臣民の狂乱ぶりは只事でなく、誰も彼も一度は世の転覆を身に迫る危機として恐怖したのだという。だが末法も乱世も慣れてしまえばそれが世の常だったし、貴族の姫君である兵部は外出すらろくにしない。屏風の向こうは他人事、庇《ひさし》の外は別世界、対岸の火事は遠国《おんごく》より遠かった。今の今までは。

　ひょう、と鵺鳥《ぬえどり》のような鳴き声がして外を見れば、もう暗かった。夏の暑さに辟易したので風を感じたいと言う大君に従って、対《たい》の屋の中心の御座《おまし》ではなく庇の局で夕涼みをしていたので、外の空気は近い。湿気を含んだ空気が冷たく頬を撫でる。暦の上は夏とはいえ、日が落ちれば四月の空気は寒い。

「蔀戸《しとみど》閉じ侍らん」

　大君が頷いたので、「誰《たれ》ぞ」と兵部は声を掛ける。箸と筆、扇より重いものを持つ仕事は、兵部の務めではない。

　だが、常に誰か近侍していなければならないはずなのに、答えはなかった。仕方なく、兵部は自ら立ち上がり廊《ろう》へ出る。そこでふとおかしなことに気づいた。

　ひょう、と鵺鳥の声がまた響く。切なげでどこか不気味なその響きに呼応するように、どこからともなく黒い煙が立ち込めていた。だが庭に人影はなく、廊にいなければならない控えの女房も護衛の随身《ずいじん》の姿もない。石灯籠にまだ火の気はなく焦げた臭いもしなかった。だというのに、黒煙ばかりがどこからともなく漂っている。

　ひょう、と一際大きく声が響く。恐る恐る声の方向を見遣る。隣の殿舎への渡殿《わたどの》の屋根の上に、何かがいた。

「兵部！」

背後の大君が慌てたような声を出すが、兵部は己の目にしたものに固まってしまった。

ひょうひょうと不気味な声で鳴いていたのは、見たこともない動物だった。身体だけなら狸か狐と見えたが、顔が猿のものだった。前足は不自然に太く、キジトラの猫のような縞が入っている。ゆらゆらと揺れる尾の影は細長く、毛はなく、まるで蛇のようにに独りでにうねうねと動いていた。

「兵部、蔀を閉じよ！」

後ろから大君の声が掛かると同時に、その動物は屋根から跳躍した。その次の瞬間、兵部の眼前に猿の顔があった。

「――――！」

あなや、と悲鳴も上げられない。思わず袖で顔を覆うのが精一杯だった。髪が揺れ、鋭利な爪が袖を掻くような感触があった。

必死で袖を振る。貴族の姫である兵部の抵抗などあってないようなものだが、化け物はふと怯んだように半歩飛び退った。すたりと庭に飛び降りる。黒煙に霞みつつ、化け物は兵部と目を合わせにたりと笑った。その口から黒い糸が一筋流れていた。それが己の髪だと知って兵部はひいっと息を呑む。

「蔀を！」

言われて蔀に手を掛けるが、みっともなく震えた手は思うように動かない。やがて化け物はじりじりと距離を詰めだした。用心深く、同時にいたぶるように、ゆっくりと兵部に近づいてくる。腰が抜けて、ずるずるとその場にへたり込んだ。

——何や、これ？

恐怖の中でどこか他人事のように考えていた。再び化け物が眼前に迫り来る。ぎゅっと目を閉じた瞬間、ビィンと場違いな音が響いた。ギャッと短い悲鳴がして、動物の臭いがすっと遠のく。

「大君！　大事候《だいじそうろ》わぬか！」

男の声に目を開ければ、三十路前と思しき公達《きんだち》が一人渡殿で弓を構えていた。兵部の知らぬ顔である。

誰かと思う前に、もう一つ若い男の声がせわしない足音と共に響いた。

「大君！　姉上！」

姉上、とは大君のことではなく兵部のことである。こちらの声の主は知っていた。名は源季宗《みなもとのすえむね》、歳は二十歳、官位は——忘れた。今はそれどころではない。一気に力が抜けた。

「──遅し、季宗、鈍《のろ》し！」

八つ当たりで実弟に投げつけたつもりの扇は明後日の方向に飛び、弓の弦の音に苦悶していた化け物を直撃した。ギャン、ともう一度悲鳴が上がる。

弓を構えた公達は一瞬呆気に取られたような顔をしたが、すぐに顔を引き締め兵部の弟に声を掛けた。

「──源氏《げんじ》の。弦の音を絶やされるな。そやつは弓に弱し、捕らえられよ」

「えい」

「大君」

季宗から視線を移した男がちらりと局を見て、それ以上の言葉を憚るように口を噤む。大君は無言の訴えを得たりとばかりに頷いた。

「大事なし。兵部、御簾へ入り侍れ」

主と同じ御簾に入るとは畏れ多いことである。しかし、見知らぬ男に顔を晒すとは貴族の姫君にあるまじき行いである。兵部はありがたく主の気遣いを受けた。足が震えてどうにもへっぴり腰の摺り足になった。

季宗が庭でひょうひょうぎゃんぎゃんと捕り物を演じている中、御簾に入り大君と並んだ兵部はやっと一息ついた。同時に公達が蔀戸を閉じて、御簾の前に座った。

「無礼《むらい》を致せり」

「よろし。助けられませり」

御簾の向こうで男が頭を下げる。誰ぞ、と小声で兵部が大君に尋ねれば、東宮学士《とうぐうがくし》と返事があった。

「江《ごう》の君にぞあらる」

「東宮学士、大江匡房《おおえのまさふさ》と申す」

東宮学士と言えば、東宮の学友である。当代の東宮学士である江の君は、その立場を超えて東宮の信頼篤く、側近として重用されていると聞いた。兵部は慌てて礼を取る。

「参議《さんぎ》源基平が娘、侍名《さぶらいな》は兵部とぞ申し侍る。まろを助け給いしこと、弟のこと、畏まり申し候《さぶらう》」

「何の」

鷹揚な反応が返ってきた。兵部が大君付きの女房となった伝手で、弟季宗も東宮御所に出仕の口を得た。だがまさか東宮のご学友に世話になっていたとは思わなかった。父に似てぼんくらな弟め、そういう大事なことはちゃんと言っておけ。

「——あれは、何や」

大君が尋ねる。鵺《ぬえ》、と学識を職掌とする江の君は答えた。

「鵺と？」

「正しくは、名は知り候《そうろ》わず。声の鵺鳥に似ており、それゆえ鵺と。鬼のようなるもの。かの煙、かの声は、人をよく病に患わすなり」

妖《あやかし》の類など、噂は多かったが直にこの目で見たのは初めてだった。いまだ身震いが止まらない。

「案じ給うな。陰陽師《おんみょうじ》らも参り候《そうろう》」

大君は頷くが、その表情は硬かった。ぽつりと独り言のように呟く。

「東宮のおわします御所に……」

江の君がそれに応えて何か言いかけた刹那、庭から声が響いた。

「捕ったりぃー！」

——あの虚《うつ》け者めが。

兵部は頭を抱えたくなった。まったく父もぼんくらなら弟もぼんくらだ。畏れ多くも東宮御所の、東宮の大君の御局のすぐ傍で、あんな大声を出すとは何を考えている——何も考えていないのか。いないのだろう、弟の頭の中はよく知っている。これが我が家の跡取りとは泣けてくる。兵部には季宗の他にいま二人ばかり同母の弟があるが、次弟のほうがよほど才気煥発だった。長幼の序に従い次弟は出家して僧となったが、残された長男がこれでは先が思いやられる。末弟に到ってはまだ幼児である。

「優れてある弟君や」

「まことに」

苦笑交じりの賛辞がかえって痛かった。かといって大君や江の君の前では弟を怒鳴りつけるわけにもいかない。

江の君は捕らえた鵺をどこぞに連れて行くよう季宗に指示すると、大君の許可を得て蔀戸を半開きにした。ひょうひょうという鳴き声を引きずって「さようなら、姉上、いずれまたー」と能天気な挨拶が遠ざかる。——いいからさっさと行け。

鵺が去っても、黒い煙はそのままだった。季宗と入れ替わるように、数名の男達が廊を渡ってくる。

「陰《おんみょうのかみ》陽頭、賀茂道言《かものみちとき》に候」

「陰陽師、賀茂道資《かものみちすけ》に候」

上位らしい二人だけが名乗りを上げた。初老の男と、まだ若くどこか陰気な公達。

——陰陽頭。陰陽寮《おんみょうりょう》の筆頭のお出でとは。

どうしよう、と兵部は逡巡した。これは御簾の外に出て形だけでも取り次ぎなどしたほうがいいのだろうか。だが、大君が引き止めるように軽く手を繋いできた。

急な訪れを詫びる陰陽師二人に、大君は「よろし」と声を掛ける。大君が軒先を貸す許可を与えると、二人は手早く陣取って何やら呪文を唱え始めた。やがて黒煙が引いていく。

ほどなくして庭の煙が晴れると、陰陽頭は蔀戸の外から局の中をも検《あらた》めたいと大君に頭を下げた。

繋いだ手に少し力がこもる。大君は返答に迷っているようだった。局の中に容易く他人を入れていい立場ではない。兵部も、出仕しだす頃に春宮坊《とうぐうぼう》より男は誰も入れさせるな、取り次ぐなとの命を受けている。――あ、しまった、どさくさに紛れて江の君を入れてしまった。

その江の君も、躊躇した様子で大君と陰陽師らを交互に見ている。東宮の大君をご鍾愛のことは、側近ならば知らぬはずもないだろう。やはり、うかつに局に入れていいものか迷っているようだった。

だが、三人の迷いは杞憂に終わった。

「――否。陰陽頭、御局には祓うべき穢れの一つもあらで、いと清げにまし侍り」

道資とか言った若い陰陽師が言った。手元の小振りな白い檜扇《ひおうぎ》が、御簾越しにもやたら目に付いた。動転しているとどうでもいいことばかり気にかかる。あれだけ小さいと女物にも間違われそうだ。男の白扇は普通祝儀扇なのに、普段使いにしているのだろうか。それにおかしなこと、初めて見た気がしない。だがそんなことを考えている場合ではない。

陰陽頭が応える。

「まことか？　女房の君もか」

「芥子の香が」

すん、と鼻で息を吸う音が聞こえた。

「——宜《うべ》なり」

初老の声が納得した声音で言った。

芥子の香は悪鬼悪霊を退けるという。兵部は大君に耳打ちした。

「——先の、薫物合わせが？」

「げに、斎院女御は畏くおわしますかな」

囁きが返り手が離れる。大君は少し声を張り上げた。

「陰陽頭。労《いたつ》かわしかりけり。されど、かくなる騒ぎにありて、何故《なじょう》みずからの対にぞ参り候《さぶら》うか。東宮のおわします寝殿は如何に」

「東宮の、『まず大君の対にぞ参れ』と仰せられければ」

陰陽頭と江の君の声が被った。閑院では、正殿たる寝殿に東宮と斎院女御が起臥する。寝殿と渡殿で繋がれた複数の対の屋、すなわち別棟のうち、西の対に東宮の母后《ぼこう》である太皇太后禎子内親王と大君の末妹である四の君が住まい、東の対に大君が居住している。安全の優先順位は普通に考えれば身分の順で、東の対が最も後回しにされてしかるべきであったが——大君はちらりと視線を上にやって天井を見た。その内心はわかる気がする。兵部であれば天を仰いでいたところだろう。大君の唇が「チチウエ」と音なく動いた、気がした。

「――返す返すも、かたじけなく侍り」

「さも候《そうろ》わず」

何やら生ぬるい空気が流れた。大君は咳を一つ、扇の中で押し殺す。

「みずからには大事なければ、急ぎ東宮のおわします対へぞ参られませ。江の君も」

「諾《えい》。東宮の御心をば安んじたてまつるこそ我らが務めにて」

男達は一礼して慌ただしく去っていく。江の君は去り際に蔀戸をしっかりと閉めていった。

静寂が訪れた。今の一連の出来事は何だったのだろう。嵐のようだった。

「――くっ」

鵺鳥の声で鳴く妖の獣を思えば、今も恐怖が甦る。何もおかしくなどないはずなのに、兵部の口からは笑いが漏れた。

「くっ、ふふっ」

止まらない。主の前だというのに、笑いを堪え切れなかった。何が愉快でもないはずなのに。

「兵部？」

大君は訝しげだったが、ややあってやれやれ、というように苦笑した。苦笑はそのまま含み笑いに変わる。

「ふふ」

笑いが大君から返ってくれば、兵部はもう抑えがきかなかった。

「うふ、ふふふふ、あはははははは」

「ふふふふふ」

夜が更けるまで、しばらく二人で笑い合っていた。

六　籬【まがき】

黄丹《おうに》の袍《ほう》に身を包んだ男は、柱に軽く身をもたせかけて縁側に佇んでいた。

眼前に広がる庭の主役は菊だが、花咲く季節には遠く、ただ葉だけが茂っている。庭の一角を囲う籬《まがき》――竹と柴で編んだ垣根――の目は粗いが、それを覆うように生い茂る菊の葉はみっしりと見苦しかった。近く刈らせる必要があるだろう。

本来ならば、男は庭の草がどうのと言う立場にない。庭の景観くらい、自分が何を言わずとも見苦しくないよう整えられていて当然だった。末端の庭師が、主君より直々に注意と指示を受けなければ仕事ができぬなぞ大変な無礼である。

だが、男は慣れていた。身位にそぐわない不当な無礼は、生まれた時から日常茶飯事だ。憤るならば庭の菊の葉よりも大きな問題がいくつもあった。加えて今は、心を憤懣に委ねるような余裕はなく、そんな場合でもない。

人払いをしたため、男の周囲は静かだった。とはいえ、すぐ隣室には誰かが控えている。自邸であっても、付き人の一人も付けずに歩き回れるほど気軽な身分ではなかった。同じ部屋から一時護衛を追い出すのさえ良い顔をされなかった。娘を呼んで来いと命じて、やっと追い払った。

隣室にまでは届かぬように小さな声で、男はぽつりと呟く。

「――尊仁《たかひと》」

それは男の名だった。たかひと、ともう一度自分の名を声に出す。

この名を呼ぶ人間は少なかった。軽々しく諱《いみな》を呼ばれていい身分ではないためである。親と主君のみが実名で呼びかけることが許される世にあって、男の父は既に亡く、母は男が一皇子ではなくなった時にそう呼ぶのはやめた。「尊き御身にならせたもうたゆえ」と言ったが、その母は先日まで皇太后の位にあり、つい一昨日の小野女御皇后冊立により押し出されて太皇太后の位に就いた、まことやんごとなき御身である。その母が頑なに息子を尊称で呼ばわるのは、おそらくは彼女の意地だろう。

そして、立場上、母を除けば男を諱で呼んでよい人物はこの世にあとたった一人しかいない。そのたった一人が――

「主上《おかみ》。――兄上」

この場にはいない異母兄に向かって男は呼びかける。母が違えば政治的背景も異なり、同じ家で育てられたこともない。仲の良い兄弟ではなかった。今上帝と男は、いつだって兄弟ではなく主君と臣下だった。

だが、憎み合っていたわけでもない。男は胸に去来する感情を持て余していた。

親しくも懐かしくもない異母兄は、政治的には敵方といってよい。兄が沈めば、栄光が手に入る。だが今、兄が斜陽の時を迎えたことを喜ばしいとは思えなかった。一方で、兄の陰に隠れて三十余年、日蔭の身をこれ以上続ける気にもなれなかった。

ふと、隣室が騒がしくなった。屏風の向こうから家来の声が響く。

「東宮《とうぐう》。大君《おおいぎみ》おわしまして候《そうろう》」

「入れさせよ」

そう命じれば屏風が開かれ、入ってきたのは男の愛娘だった。男には五人の子があるが、わけても第一子の長女を男は殊の外寵愛していた。

「東宮。聡子《さとこ》、御前にまかり候《さぶらう》」

「父上、と呼べと言うておるに」

大君、聡子女王《にょおう》は困ったように微笑む。普通ならば眉根が寄っていたのだろうが、引き眉をして元来の眉より高い位置に描かれた墨塗りの殿上眉《てんじょうまゆ》は、ぴくりとかすかに動いただけだった。

いかに実父とはいえ相手が東宮ともなればおいそれと父上などとは呼べない。自慢の娘は、そういった礼儀作法によく通じている。だが男は、他の子はともかくも、この聡明で愛しい長女にだけはそのように距離を取られたくなかった。

大君は背後の屏風が閉まるのを確認して、頭を下げる。

「――父上」

「聡子。よくぞ参りたる」

母、太皇太后が男を東宮と尊称で呼ぶように、親であっても、身分が上でも、礼儀として実名を避けることのほうが多い。だが、男は娘を「大君」などと記号で呼ぶ気はなかった。自ら付けた名を呼び続けて、娘は名の通り聡明な皇女に育った。

「先の怪しきもの騒ぎ、まこと労《いたつ》かわしかりけるなり」

その聡明な皇女を襲った先日の怪異につき、男はまずは娘に労いの言葉をかける。不遜にも男の居住する邸宅に現れた物の怪は、追い立てさせれば何と鍾愛の愛娘を住まわせている東の対へ逃げて行った。この世に生を享《う》けて三十余年、とかく憤ることの多い人生ではあったが、怒髪天を衝くという言葉が生ぬるいと感じるほどの激情に身を焦がしたのは久方ぶりであった。

さほど時を置かず捕らえられた鵺《ぬえ》は、男自ら首を刎ねた。匡房《まさふさ》には「東宮ともあらん御方がかような穢れを……！」と絶句されたが、知らぬ。首斬って捨てれば黒い煙と変じて消えた物の怪は毛の一本も残さず、刀には血の滴ひとつ残らなかった。そういえば、その際に鵺の体に刺さっていた――というより毛の中に引っかかっていた扇が落ちたので、何となく拾わせて手慰みに今も持ち歩いていた。色糸で綴じられた女物の檜扇《ひおうぎ》には、『山桜いつを盛りとなくしてもあらしに身をもまかせつるかな』『折りふせて後さへ匂ふ山桜あはれ知れらん人に見せばや』『もろともにあはれと思へ山桜花よりほかに知る人もなし』と若い字で見事な歌が三首踊っている。これほど見事な歌が何故無名なのかわかりかねるほどだが、少なくとも大君のものではないはずだ。山里にて歌を詠んだとなれば詠み手は女であるはずがない。どこの馬の骨とも知れぬ男が愛娘に歌を贈るなど、父親としてこれまで決して許してこなかった。

娘のものでないならば近侍の女房のものであろうか。風の強い夜でもなかったので、扇は飛ばされたのでなく鵜に投げつけられたのであろう。大君を護るために女ながら応戦したのならば、なかなかどうして殊勝な心掛けである。

実際傷一つない大君は、そのおかげか至って平静な面持ちで頭を下げた。

「みずからには大事なければ、江の君にも陰陽頭にもかたじけなく」

「匡房のことはな案じそ。陰陽師どもはさここそが務めなれ」

大君は困ったように微笑み、少し首を傾げた。だが、殊更に反論するような真似はしなかった。ものを良く弁えている娘なのである。

「みずからを呼び給いたるは、如何《いか》なる御用にてぞましますす」

促されたので、男は本題に入った。

「言い使うべき用あり」

「何なりと」

「明日の賀茂祭《かものまつり》に、俊子《としこ》と佳子《よしこ》を伴え。いずれが次か奏上せよ」

「かねてより承りまして候《さぶらう》。父上はましまし給わぬか？　一の君と四の君は――」

「朕《ちん》は行かれず」

大君がぴたりと動きを止めた。聡い娘である。一言で十分だった。

「……父上」

「篤子《あつこ》はいまだ幼し。祭へ行かまほしからば太皇太后《おおきおおきさいのみや》の車に乗るらん。貞仁《さだひと》は男《おのこ》ゆえ、自らに任せよ」

俊子とは中の君、佳子とは三の君、篤子とは四の君のことで、いずれも男の娘達だった。大君にとっては同母の妹達である。一の君とは、やはり大君の同母弟であり、男の唯一の息子である貞仁王《さだひとおう》のことだった。

都中の貴族の、年に一度の楽しみである賀茂祭の見物に際して妹達の面倒を見ろ、というだけなら例年のことだ。男の子供達は大君と四の君を除いて滋野井第《しげのいだい》に別居している。大君との同居の理由は男が強くそう望んだためであり、四の君は幼くして実母に死に別れたため祖母に当たる男の母の慰めにと養育を任せた。既に元服した息子と太皇太后の手元で養育されている末娘はさておき、中の娘らの世話に関しては男親一人では手が回らないため、よく気のつく長女の手を借りることがしばしばある。だが、今回の賀茂祭見物には例年とは決定的に違う何かがあることを、天皇にしか許されぬ一人称で大君は既に察している。

「父上は、帝《みかど》が――今にも、院《いん》にならせ給うと……？」

愛娘の声が震える。男は答えなかった。

至高の地位にある異母兄が、いよいよもってこの世を去ろうとしている。長く病み先日危篤状態に陥った。そして最後の最後は、おそらく今日だろう。住まいは隔たり互いに相見《あいまみ》えることはなくとも、身を流れる血がざわめいてそれを教える。悲しむべきか、喜ぶべきか、どちらもできずに男はただ佇んでいた。

「それでも、祭を？」

「――やむを得じ。今日の明日では」

賀茂祭は、陰暦四月の中酉《なかとり》の日に行われる、都最大の祭礼である。だが、帝の崩御という忌事があっては、常ならば中止されるべきものだった。

「中酉の日は明日。正子《まさこ》も既に禊を終えければ、今更止めらるるものかは。賀茂は鎮まるべし、魂振《たまふり》のなさるるべし」

正子とは当代の賀茂斎院《かものさいいん》にして男の異母妹、正子内親王のことである。四月の中旬も後半となれば、中酉の日は目前。前祭のいくつかはもう執り行われていた。

加えて、男には何としても祭を行わなければならない事情があった。都のため、この国のため、王城鎮守の祭祀を今こそ厚くして都の荒廃に歯止めをかけなくては、世の乱れは増すばかり。

　間もなく兄帝は崩御し院と号され、男は至尊の座に就く。乱世を我が世と呼ぶ気など、男には皆目なかった。

　大君は花の顔を伏せ叩頭《こうとう》する。

「御心のままに。――主上《おかみ》」

「父上と呼べと言うとるに」

　苦笑すれば、外が騒がしくなってきた。焦ったような怒号が聞こえる。廊下を駆けてくる足音があった。

「一天《いってん》の君崩御なり！　東宮践祚《せんそ》あり！」

　その声に、男の全身の血が沸き立つ。

　――人も妖《あやかし》も何するものぞ。朕こそ帝なれ！

　苦節二十余年、日蔭の東宮は今こそ自身が日輪となって君臨する。陽光を遮る藤棚は、男には必要ない。

　一瞬だけ目を閉じて兄への追悼に代えると、男は内裏からの遣いを迎えさせるべく、隣室に控えていた近侍を呼びつけた。

七　のりいち【乗り一】

祭である。

何々の祭といわず単に祭と言わば、賀茂祭《かものまつり》のことである。

斎王《さいおう》の行列を見んがため予定の行程上に控える車列、そのうちの一台に兵部《ひょうぶ》は乗っていた。車には他に三人の姫宮が同乗しており、兵部の席は後方右側——つまり末席である。兵部の前の最上席には当然のように主人が座り、次席の前方左側と兵部の隣の後方左側には主の妹姫らが腰を下ろしていた。年若の妹姫達は、まだ行列の足音も聞こえないうちからそわそわと物見窓を覗いている。

何やら覚えのある面々である。かつまた、車の中には覚えのある匂いが漂っていた。芥子《けし》の実を練り込んだ香《こう》の匂いだ。

兵部の主の妹姫らは、まこと素直な気性であるらしい。斎院女御《さいいんのにょうご》の教えたもうた香を着物にも扇にも焚き染めて、車中はむせ返るほどだった。そういえば、源氏物語で六条御息所《ろくじょうのみやすんどころ》が生霊《いきりょう》に変ずるほど葵《あおい》の上《うえ》を怨みに思ったきっかけは、やはり賀茂祭だった。芥子の香と合わせると否応なく六条御息所の描写が頭に甦り、それがどうにも兵部の心に巣食うどろどろとしたものを刺激して、兵部は今年に入って三本目の衵扇《あこめおうぎ》で口元を覆った。年が明けてよりこちら、どうにもよく扇を損ずる。

「――兵部。雨か？」

主人がふと尋ね、はたと我に返った兵部は物見窓から外を見た。雨が多い時期である。今朝の出掛けにはまだ降っていなかったが、曇り空ではあった。

果たして外は、しとしとと音はしないまでも、地を見ればぽつぽつと滴に濡れて水玉模様を描き出していた。

「さように侍《はべ》り、おおい――女一宮《おんないちのみや》」

大君、と言いかけて兵部は言い直した。つい昨日東宮践祚《せんそ》あって、兵部の主人は東宮の大君から帝《みかど》の第一皇女になられ、それに伴って呼称も変わった。昨夜の御所は大わらわで、兵部を含め皆ほとんど眠っていないはずだ。それでも姫宮らは元気である。

「よも祭が止むなどあるまじや」

心配そうに声を上げたのは中の君――女二宮《おんなにのみや》である。賀茂祭は、女二宮に限らず都中の年に一度の楽しみなので、その気分は兵部にもわからないでもなかった。隣の女一宮は、いつものごとく鷹揚な微笑みを湛《たた》えて妹宮に応える。

「な案じそ。そも、否と言う声の少なからずありけるを押し給いて、帝は近衛使《このえのつかい》をば遣《つか》わし給いけり。さらば、かばかりの雨にては如何《いか》なるべくもあらざらん」

確かに、と兵部は思った。昨夜、例年通り賀茂祭が行われると聞いた時は、少なからず驚いたものだ。

賀茂祭は年に一度の祭礼で、都の祭祀の要である。しかし、帝の崩御という一大事があった場合は、中止されるのが常だった。昨日の先帝の崩御はまだ公にされていないが、御所――閑院ゆかりの貴人らは一夜にして尊称を変えた。御所の主は東宮から帝へ、兵部の主人は大君から女一宮へ、その妹らは中の君から女二宮、三の君から女《おんな》三宮《さんのみや》へと。在位中に崩御なされるのは縁起が悪いので、帝の崩御あった時はしばらくその事実を伏せ、存命中に譲位あったということにして東宮が即位の儀を行ってから先帝の崩御が明らかにされるのが慣例であった。今回も先例に従って事が進められているはずだ。本当に譲位あって先帝はいまだにご存命である可能性は、この場合あり得ない。先帝がご健勝であらせられるならば、藤原摂関家が新帝の即位を是とするはずがない。新帝、つまり女一宮の父上は、藤原家と縁遠く、成人の皇子であり、政治にも意欲的で意志が強く矜持は高い――要は、あらゆる意味で傀儡に向かない御方であるのだから。

先帝の崩御はもはや公然の秘密である。しからば、やはり豪華絢爛な祭に興じるのはいかがなものかという意見は、都の貴族の中にも多かった。新帝は昨夜、主だった公卿らを閑院に呼び集めて自らの治世の開始を布告する綸旨《りんじ》を下されたが、その場では賀茂祭の中止について複数の公卿から直奏もあったという。しかし、新帝は断行した。やんごとなき御方のお考えは兵部の理解の及ぶところではないが、それだけの御覚悟あって開催が決定されたのなら、小雨ごときで中止にはならないだろう。ただでさえ四月の中酉《なかとり》の日は毎年雨がちで、小雨の中の行列など珍しくもない。

雨ならば、車で来て良かったかもしれない。羽振りの良い貴族は桟敷席を設けて賀茂祭を観覧するのが普通だが、今回は帝の体調も悪いとの噂から、皆大々的に祭を楽しむ準備はしなかった。そのため四人が車に乗り合わせることになったのだが、豪奢な車は十分に広かったし、桟敷と違って雨が降り込む心配もない。

「斎王おわしませり！」

三の君、否、女三宮が声を上げた。兵部からは角度の都合上、まだ見えない。だが、ややあって先払いの女童《めのわらわ》が兵部の視界に入った。白い服を着た神人《じにん》に傘を差し掛けられて、命婦《みょうぶ》が通る。

至る所に花をあしらった車が通る。葵に桂、桜に橘。兵部らの左右の見物の車からは、ほう、と感嘆の息が漏れた。

神事を終えた斎王が、紫野院《むらさきののいん》に帰るのだ。その帰りの行列を見送るのが、本日の見物人らの目当てだった。とはいえ斎王は、車の中で見えない。帝の異母妹にあたる尊い御方が、そうそうご尊顔を衆目に晒すわけもない。

「……斎王が風邪を召されまさねばよろしかれど」

幼い声で女三宮が呟くのを、駒女《むなのりおんな》――斎王付きの巫女――が馬に騎乗して通り過ぎるのに見入っていた兵部は危うく聞き逃しかけた。

「風邪？　雨といえども、御車にてぞおわしますに？」

きょとんとして妹宮に言ったのは女二宮である。もっともだ。まだよく周囲の見えない少女らしい可愛い気遣いだ、と兵部は女三宮を微笑ましく思ったが、反対に主は何やら真剣な表情になっていた。

「――三の宮。斎王の御有様《ありさま》に、何ぞ思うところありや？」

「否、姉上。ただ、斎王の御身に労《いたつ》きの入《い》り侍《はべ》らんやと我じく思われて。痴《おこ》なること申しき、許されよ」

「よろし。――我じく、な」

女一宮は扇で口元を覆い、何やら思案顔になった。訝しく思って兵部は主の様子を窺う。

「……賀茂《かも》は鎮まらぬもや」

女一宮の低い呟きに兵部が問い返そうとした時、ピィーッと笛の音が響き、どんと太鼓が鳴った。斎王列の蔵人所陪従《くろうどどころべいじゅう》である。雅楽を司る彼らの演奏が始まり、女二宮と女三宮はぱっと目を輝かせ、それから閉じて聴き入った。声を出すのが躊躇《ためら》われて、兵部は口から出かけた言葉を飲み込む。

新帝践祚あって第一皇女に出世し、賀茂祭という晴れの日にあって、雅な調べの響き渡る中、乗り心地は天下一品の車の最上席に座していながら、兵部の主はなおも憂い顔だった。

八　菊綴【きくとぢ】

雨が続き、権中納言《ごんちゅうなごん》藤原経家《ふじわらのつねいえ》は伏せりがちな日々を送っていた。

――もう時間がない。残された時の中で、何としても最後にせめて一矢報いてから逝きたい。

雨に呼応するように頭痛がして、キリキリと締め付けられるように痛む頭の奥からそれだけを考えていた。

だが、思考は取り次ぎの下男によって中断させられた。下男によって告げられた名を聞けば、経家は床から身を起こすしかない。ただ衣服を整える気力はとてもなく、水干姿《すいかんすがた》で来訪者を出迎えた。

「義父上《ちちうえ》、悩ましがりて臥《ふ》し給えりと聞いて。如何《いか》なる御心地《おんここち》ぞ」

「なじょうことなし。定綱君《さだつなぎみ》、わざと訪《おとな》われるとは」

養子に迎えて三十余年の相手に、経家は軽くではあるが敬称と敬語を忘れない。藤《ふじ》原定綱《わらのさだつな》は、幼少より経家が手元で育てた子であったが、所詮主家より迎えさせられた養子であり親しみの対象ではなかった。

「我が親様《おやざま》に定められたる御方は義父上のみにて、誰をおきても案ぜられ候《そうろう》」

なさぬ仲の子の口から発せられる気遣いの言葉に、経家はそっと目を逸らす。親しみなどない。あるはずがない。

——そうして心を敢えて隔たらせないと、もろともに倒れてしまいそうだったのだ。

定綱の父は、先の関白藤原頼通卿《かんぱくふじわらのよりみち》——宇治殿《うじどの》である。定綱は摂関家の棟梁の実の息子であったが、側室腹の四男であったためとうてい跡目は望めない立場にあった。

そのような立場の子は他家に養子に出されるか出家するのが世の常で、そのお鉢が家臣の経家に回ってきたのであった。

だが、宇治殿の正妻である北政所隆子女王《きたのまんどころたかこにょおう》にはついに子がなく、結局宇治殿はまだ養子に出していなかった側室腹の末っ子を世子とした。跡目に据えられた京極殿藤《ふじ》原師実《わらのもろざね》卿は定綱の同母弟である。長幼の序を無視した皺寄せは経家の息子らに降りかかった。

「大事なく候。公円《こうえん》などはさらに厳しき宿《やど》にあるめれば、都にある我のなじょうことかあらん」

公円、という法名を口にすれば胸にツキリと痛みが走った。定綱もまた眉を寄せ、何とも言えない表情を作った。

公円は経家の次男である。血の繋がった二人の息子の片割れだった。

長男が無事に成人したからには次男が経家の跡継ぎとなる目は薄い。公卿の子といえど嗣子以外は出家することが多く、経家の子らもそれに倣っただけと傍目には映るだろう。

だが、世の習いはどうあれ、経家はできるならば次男にも出家などさせたくなかった。俗世にて時めき、叶うならば栄耀栄華を掴んで欲しかった。親が望むのはいつだって子供の幸福だ。

その芽を摘んだのが定綱であった。定綱という養子がおり、実の長男もあって、もはや次男をも家に置いて引き立てることを主家は許さなかった。定綱は主家から迎えた養子なれば、長男だけでも手元に残せたのは僥倖なのである。

親の引き立てのない子がどれほど惨めかわかっている。それなのに、あたら自ら子を出家させねばならなかった際の気持ちは、到底言葉では表せない。

だが定綱にきつく当たって鬱憤を晴らすことはできなかった。定綱が主家の息子であるからだけではない。他家に養子に出され実の父母に一顧だにされず、不惑も近くなってなお公卿にも昇れない。これで生家に残り跡目に据えられたのが長兄であるならば生まれた順ばかりはどうにもならぬと自分を納得させようもあるだろうが、嗣子となったのは母を同じくする側室腹の弟だった。初めは当然庶長子が摂関家の後継者とされていたが、若くして没してしまったのである。定綱をはじめ他の脇腹の男子は皆他家に養子に出されてしまい、残っていたのがまだ幼い末弟の京極殿しかいなかったのだ。だが、定綱にしてみればたまるまい。自らと同じく正室の子でもなく、長子でもない弟が、自分を飛び越えて次代の関白となることがほぼ決定している。また同母の妹は中宮《ちゅうぐう》の位に昇った。一方で定綱は公卿にすら昇れず、弟妹に頭を下げ二歩三歩も譲らねばならない立場に置かれ、実の両親からは肉親としての気遣いもついぞ得られなかった。

――憐れに思わぬわけはない。

経家の次男、公円とそっくり同じ立場に置かれていたのが定綱だった。だが、定綱を憐れんでしまえば親として立つ瀬がなくなる。憎んでも怨んでもいないし無下にはできないが、我が子とまったく同じに遇することができるほどの器は経家にはなかった。次男を出家させねばならなかった手前、せめて長男公定《きみさだ》だけはと必死に引き立てを行い、その一方で養子の定綱に対する後見は限りがあり、公卿に列させることはできなかった。憐れな定綱。直に対面すればどうしたって後ろめたさで胸が痛む。だから、君と呼び敬語を用いて、殊更に心の距離を取った。たとえ頼る者がない定綱が、必死に歩み寄る姿勢を見せても。

「……」

定綱が何か言いかけたが、その時ぱたぱたと下男が廊下を駆けてくる音がした。

「殿《との》、陰陽寮《おんみょうりょう》より遣いが」

「通せ」

端的に命じれば下男はとんぼ返りしてまた駆けて行く。

「――陰陽寮とは、義父上」

「何、北《きた》の方《かた》が騒がれて、疫病ならば祓えといと喧《かしま》しきに」

病と物《もの》の怪《け》は不可分であり、病気の治療は陰陽師の職掌でもあった。

「法師陰陽師《おんみょうじ》ならず、陰陽寮より官人《かんじん》陰陽師を？」

陰陽寮の定員は百にも満たない。陰陽道《おんみょうどう》を生業とする人間は当然それより多いし、祟り、妖《あやかし》、病に物の怪に悩む人の数はさらに多い。したがって、皇族かよほど高位の貴族でなければ陰陽寮に所属する陰陽師に依頼することはかなわない。政府の機関である陰陽寮に属さず私的に陰陽道を生業とする者らは、半ば僧であり法師陰陽師と呼ばれた。玉石混交ではあり、中にはいかさまも多いが、中流以下の貴族は事あるごとに法師陰陽師を頼むしかないのである。経家は公卿ではあるが、皇族や摂関家には並ぶべくもなく、官人陰陽師に渡りをつける手立てなどなかった――少なくとも今までは。

「北の方が是非にと」

「……我が従姉妹の君は、まこと義父上を想われてあるらし」

定綱が眉を寄せて笑む。経家の妻の母は小式部内侍《こしきぶのないし》、父は大二条殿《おおにじょうどの》──関白藤原《ふじわらの》

教通卿《のりみち》であった。定綱の実父宇治殿と大二条殿は同腹の兄弟であるから、経家の妻と

定綱は従姉弟同士ということになる。思えば妻もまた哀れである。関白の息女ともな

れば宮中に出仕することも夢ではないというのに、母小式部内侍の身分がさほど高く

なく、また側室ですらない妾であったがゆえに、経家のような家来に嫁ぐことになっ

た。

だが腐っても現関白の娘、官人陰陽師の一人や二人呼びつける程度のことはできる

──と、定綱が考えればそれで良い。

経家は義理の息子にさりげなく外してくれるよう頼んだが、客人の訪《おとな》いのほうが早

かった。

「権中納言の殿、陰陽師賀茂道資《かものみちすけ》まかり申して候」

「よう来たりや」

客は若く怜悧で、陰気な男だった。経家は横目でちらりと定綱を見る。席を外して

ほしいが、居合わせてしまった手前無言で去らせるわけにもいかない。致し方なく、

軽く紹介だけすることにした。

「定綱君、これはかねてより知りてある陰陽師にて、賀茂道資と申す。賀茂の、こな

たは我が──」

「備中守《びっちゅうのかみ》にまさらん」

陰陽師の言葉に、義理の親子二人して瞬いた。定綱の官職は確かに備中守である。任国に赴かず遙任《ようにん》の身ではあるが、高位の貴族の子弟にはよくあることだ。

「いかにもさり」

定綱が肯定する。ここで話など始められてしまっては本題に入りづらい。病祓いの祈祷に同席するなどと言われては困るのである。

だが、陰陽師は思いもよらぬことを言い出した。

「中納言の殿。備中守にも留まり給いてはいかが侍《はべ》らん」

「――何を申す」

「そも我らは人の少なくあり候。我が式《しき》も一体失せにければ」

式神がどうした、と経家は怒鳴りそうになる。陰陽師の使役する妖もその術も、経家の知ったことではない。

だが、陰陽師が懐より取り出した白い袙扇《あこめおうぎ》を見てごくりと唾を呑む。それが何か経家は知っている。脳裏に甦る東北院、無邪気に笑っていた中級貴族の娘、身分に似合わぬ豪奢な贈り物と意外な相手。

「誤《あやま》られけん。これを標《しるべ》に式を放ちたるまでは悪しからざれど、贈り主の方《かた》へぞ行きたるに」

陰陽師の言葉に、定綱が話が見えぬといった様子で訝しげに経家を見る。何とも言えずに経家は必死に言葉を探す。陰気な陰陽師は落ち着き払ったものだった。

「備中守にあられても、憂い給うことは多からん。我らが志にも、必ずや相合《あいあ》い給わん」

定綱はますます首を傾げる。経家は逡巡のあまり唸り声を上げた。

——どうする。どうしたらいい。

頭を悩ませながらきっと陰陽師を睨みつける。身分も年嵩もよほど上位の経家に対し、陰陽師はただただ怜悧で畏まる様子も見せない。やはり体調を押してでも衣服を整えるべきであったと経家は後悔した。経家のほうが身分は上、自宅に相手を呼びつける関係で、畏まった服装をする義理はない。だが水干といういかにも気楽な普段着は、病床の身にどうしたって心細さを掻き立てる。水干の縫い目を綴じる菊綴《きくとじ》の飾りが目に入る。その呑気で可愛らしい菊綴が、今は無性に間抜けに思えた。

九　ものゑんじ【物怨じ】

四月も終わろうという頃、兵部《ひょうぶ》は珍しく外出していた。

行き先は東北院。碁盤の目状の宮城《きゅうじょう》都市、その北東に隣接してはみ出た一角に建立された寺院である。東北院の主は、五代前の帝の中宮《ちゅうぐう》であり、二代の国母となられ、先帝と新帝の祖母でもある女院《にょいん》――上東門院藤原彰子《じょうとうもんいんふじわらのあきこ》である。そんな貴人に兵部自身が所用のあるべくもなく、兵部の訪問先は女院に仕える女房、中納言《ちゅうなごん》の君であった。

当然、兵部は不機嫌であった。

――何故《なじょう》、まろが。

兵部は中納言などに会いたくはなかった。だが、東北院より幾度となく訪問を乞う文が届いた。最初の内こそ、兵部も宮仕えの身であるから忙しいと無視していたが、めげずに文は来た。

遣いの家女房は、兵部の乳母だった。兵部と中納言は幼少期を同じ家で過ごした乳姉妹であるから、中納言の実母たる乳母が妊娠した娘の世話のために東北院に奉公に上がっていても驚くにあたらない。世話になった乳母に、是非にと何度も頭を下げられれば、無下にもできなかった。

今さら何の用があるというのか、釈然としないまま女一宮《おんないちのみや》に半日の暇《いとま》を請えば、あっさり許しが出た。主の心の広さをこの時ばかりは恨んだ。

かくして兵部は車上の人となり、四半刻ほども揺られて東北院に着けば、取り次ぎもあってないようなものですぐに中納言の局に通された。妊娠中とはいえ、呼びつけるだけでは飽き足らず出迎えもしないとは何たる無礼。父は従二位《じゅにい》参議で北の方腹の姫である兵部と、正四位美濃守《みののかみ》が妾に産ませた子である中納言とでは、身分が数段違うというのに。

もともと居所の良くなかった腹の虫が、さらに悪いところへ潜り込んだ。一言言ってやらねば気が済まぬ、と思っていると、屏風の向こうからひょこりと中納言が顔を覗かせた。

「基子君《もとこぎみ》！」

ぱっと華やいだ笑顔で嬉しそうに名を呼ばれ、兵部は一瞬たじろいだ。本名を呼ぶとは無礼な、と怒りの言葉さえ咄嗟には出てこなかった。

「基子君、会わまほしと久しく思うて侍《はべ》り！　息災にあり給いたりや」

屏風を押しのけるようにまろび出た中納言は、がりがりに痩せていた。腹ばかりが丸くせり出して、まるで地獄絵の餓鬼か、飢饉の折は都にも溢れる餓死者の、命消える寸前の姿のようだった。

「——雛子《ひなこ》」

どうにかこうにか名だけを呼ぶ。中納言ははにかんで目を伏せた。

「あな嬉し。まろをかく呼び給えば昔思ゆかな」

中納言は置き畳の中央に敷かれた茵《しとね》を兵部に勧め、自分は妊婦であるくせに床板に直に座す。表情こそ明るいが、顔色は真っ青で、異様に細くて、座っていてさえ重心が安定せずふらふらと頭が揺れていた。

だが、どうしたと問う前に、昔話が始まった。

「覚え給うや？　まろが雛子とぞ名づけられし時、基子君のみぞ良き名と褒め給い候《さぶらう》」

本当に嬉しそうに、懐かしげに、中納言は兵部との思い出を語る。それがまたただならぬ様子に拍車をかけ、兵部は薄ら寒く思って目を逸らし、吐き捨てるように答えた。

「……褒むるべしと思いての言葉にはあらねども」

ぱちくり、と中納言は瞬く。ひなこ、のヒナは鄙《ひな》に通ずる。響きからして、子の幸福を願うより貶める意をもってつけられた名だった。

「されど、かの言葉はおおきにまろを助け給いたり」

傷ついた様子も見せず、やはりにこにこと笑っている。気味悪さと後ろめたさと少しばかりの嫌悪が入り混じり、兵部の心を雲が覆い始めた。

思い出す。そも、兵部の母の実家で中納言は望まれぬ子であった。

兵部の父の御子宰相《みこのさいしょう》と、中納言の父、美濃守藤原基貞《ふじわらのもとさだ》は、同じ家の姉妹を妻とする相婿《あいむこ》の関係であった。結婚しても女は実家に留まり夫が妻のもとに通う妻問婚《つまどいこん》が世の習いゆえ、二人の妻は実家に住み続け同じ家で夜毎《よごと》訪ねてくるそれぞれの夫を迎えていた。

美濃守基貞といえば、多くの子女に恵まれたことで有名である。子が多いとは、要は女癖が悪いということだ。案の定と言うべきか、彼は妻に仕える家女房にも手を出して子を産ませた。それが中納言である。

一夫多妻が世の常ではあるが、さすがに同じ家の、しかも身分卑しい女房などに寝取られては、妻としては不快極まりないだろう。美濃守の妻、兵部にとって伯母にあたる人も、それはもう激怒したと聞く。美濃守の取り成しで何とか家女房が子を産み家中で育てることは許したものの、母子への態度は冷ややかだった。二人は何かにつけて冷遇され、極めつけが雛子の名である。主家から名を賜るは名誉なこと、それを逆手に取って兵部の伯母は夫を寝取った家女房の娘に『ひな子』と何とも醜い名をつけたのである。鄙《ひな》、すなわち雅と対極の田舎臭い子供、というわけだ。家の主の姫君に、誰も否やは唱えられなかった。

だが、当時幼かった兵部はそんな事情は知らない。そもそも、女が漢字の読み書きをすることを忌む風習に従い、鄙という字も当初は知らなかった。兵部の弟の源《みなもとのすえ》季宗《むね》はあれで若手漢詩人として聞こえているくらいだから、実家に漢詩の教師の出入りは頻繁だったものの、漢字をよくする女は婿の来手がないと父に言われて兵部は遠ざけられた。今にして思えば、漢字があまり読めなくても婿の来手はいまだないのだが
――ええいまったくあのぼんくら父め！

思考が逸れた。すなわち、在りし日の兵部には「ひなこ」は鄙と結びつかなかった。生まれてこの方ずっと都にあって、鄙というものを知らなかったせいもある。ヒナと言えば、幼き兵部は雛《ひいな》を連想した。ちょうどその時雛遊びに夢中で、家にはたくさん人形があった。一番綺麗な人形は、どことなく中納言に似ていた。それでてっきり、「雛のように愛らしい女君《おんなぎみ》」との意味で名づけられたと思ったのだ。自分は父が基平《もとひら》だから基子という、何の捻りも華やかさもない名であったため、余計に面白くなかった。

『雛のごとく愛《いと》しかる姫とかや』

そんな僻《ひが》みの言葉はしかし、中納言とその母にしてみれば、貶《おとし》め言であったはずの名を良いほうに解釈して言祝《ことほ》いだように聞こえたらしい。以来、中納言は兵部に懐い

た。

「雛遊びや物合わせなど、色々の遊びにもよく交じらしめ給いて」

「……さなることもありしか」

確かに幼い頃の兵部はよく中納言と遊んだ。だって、他に遊び相手がいなかったのだ。母は兵部を産んでからさほど間を置かず季宗を身ごもり、長女を顧みなくなった。生まれれば生まれたで、母は父の正妻であったから、やれ世継ぎよ嗣子よと親も使用人も季宗にかかりきりだった。

「まこと、基子君在《いま》すがりてのまろに侍り。さにあらざらましかば、まろはかの里にて生い立つこともかなわざらまし」

「詮無きことを」

もともと、兵部と中納言が同時期に生まれたため、兵部の乳母は中納言の母であった。正確には、彼女は兵部の乳母になることで何とか邸を追い出されずに済んだのだ。

昔話に一人で花を咲かせる中納言の目はきらきらと輝いて、その笑顔がまた落ち窪んだ眼窩の黒い影と不釣り合いでいっそ気味が悪かった。兵部は口も挟めず、ただ相槌を打つばかりである。

「京極殿の情けを賜りしも、ただ基子君の御徳にてぞ侍《はべ》る」

「――」

腹の虫が熱に変じて身の内が煮えた。どうにか扇で口元を覆う。しかし中納言は無邪気な笑顔のまま、はしゃぎ声で続けた。

「名をば尋ね給いて雛子とぞ答え申しつるに、『落窪《おちくぼ》の君のごときらきらしからぬ人の名なり。如何《いか》に付けたるぞ』とのたまいて」

落窪の君とは、落窪物語の主人公だ。貴族の姫ながら継母にいじめられ、落窪と蔑んだ名をつけられ、異母姉妹と差別され召使いのように扱われていたが、ある日右近《うこん》の少将という貴公子に見出されて結婚し幸せを掴むという話である。

――雛子そのものや。

そう思ったのは兵部だけではなかったらしい。

「京極殿を右近の少将に、まろをば落窪の君に喩えて語らい給いけるうちに、かく孕むようになりぬ」

そう言って中納言は微笑み、突き出た腹を撫でた。兵部は面白くなかった。

――では何か。まろは意地悪な異母姉妹かえ。

兵部の平らな腹の中にどす黒い渦が巻く。物語の中では、落窪の君が幸せを掴む一方、継母の娘らは婿に去られたり、あるいは酷い醜男をつかまされたりと、ろくな目に遭わない。読者として読む分には痛快だが、それになぞらえられてはたまらない。

「……京極殿が、かような戯れを好まれてありとは知らざりき」

落窪物語の登場人物になりきって逢瀬を重ねた京極殿と中納言。中納言はともかく京極殿は三十路を前に既に従一位右大臣の位にある貴人、それが何とも子供っぽいごっこ遊びに興じたものだ。

「さなるところのあり給う御方なり。女院も、かかる由《よし》を聞き給いて、まろに中納言と侍名《さぶらいな》をつけさせ給いつ。物語の落窪の君の父君は中納言の位にありけるに」

青白い頬をほんの少しだけ紅潮させて、中納言ははにかんだ。兵部はすいと目を細める。二代の国母、先帝と新帝の祖母、今この世で最も尊い女性である上東門院は、自分の甥と女房の恋路に反対ではないらしい。疑問には思っていたのだ、中納言の父はせいぜい正四位下美濃守であるのに、なぜ娘の女房名がそれより高位の官職由来であるのか。

だがまさか、女院の公認のもと恋物語にちなんで付けられた名だとは思わなかった。まったく面白くなくて、扇を握る手に力がこもった。惚気《のろけ》を聞きにきたのではない。

「よろしからんな」

舌打ちの一つもしたくなるのを、冷笑で覆い隠す。落窪物語の右近の少将は、世の貴族男性としては珍しく落窪の君一人を終生愛し続け他に妻を持たなかった。だが京極殿の女癖の悪さは有名だ。既に正妻も側室もある。戯れに、身分の低い娘に一時の気まぐれを起こしただけだろう。真剣な恋愛ならば伯母に仕える女房などというややこしい立場の女に手を出すものか。そんなこともわからないで子を身ごもり、痩せ細る。愚かなことだ。

「近頃は、京極殿はこなたに度々おわしますや？」

「否。まろの孕みてある身を心苦しく思い給いて」

中納言はやはり笑顔だったが、その笑顔がほんの少し色を変えたように見えた。兵部は扇の内でほくそ笑む。

――さもありなん。

妊娠中に、夫が夜離《よが》るのはよくあること。飽きっぽい性分の男なら、そのまま通わなくなってしまうというのも、またよく聞く話だった。こうまで痩せては女の魅力も何もない。女など向こうから群がってくるような立場で、中納言のような身分低い娘を哀れがって情けをかけるにも限度があるだろう。

結局、それからしばらく中納言の昔語りと恋話は続いた。兵部は内心をひた隠して聞き役に徹し、日が落ちようという頃にやっと暇乞いをした。

「基子君、いずれまた近々会わん。いつなりと訪い給え。定めてや」

――御免や。

立ち上がった兵部はちらりと横目で中納言を見ただけで、返事をしなかった。車までの見送りは、遣いの家女房――兵部の乳母、中納言の母であった。乳母は道すがら深々と頭を下げ、兵部に何度も礼を言った。

「まことにかたじけなく存じ候《さぶらう》」

「悪しからず。――されど、ようわからぬ。詮ずるところ、今日は何用にてぞありしや？」

結局、昔話と世間話に付き合わされただけで、何度も必死に呼びつけられた理由が見えなかった。乳母は憂い気に目を細めて、実は、と言う。

「かく痩せ細りて、日に日に儚びて、近頃はいと見苦しく」

正月あたりからこちら、中納言はずっと病《やまい》がちなのだという。悪阻《つわり》も酷いし、今を時めく貴公子の情けを受けたとあって、同僚からの当たりも強い。主人たる女院は、実家の跡継ぎの子を身ごもった中納言を無下にはできず局を一つ与えたが、先日まで同じ働く身であった相手にかしずかねばならぬとあっては、周囲の女房らの胸中は察するに余りある。そこへもって当の京極殿の足も遠のきがちとなれば――

「近頃は終日《ひねもす》床に臥し夢見も悪しく候ほどに、心惑いて、ただ昔のことぞ思い出づる時のみ少し笑みたるほどに。今日の兵部の君の訪《おとな》いは、いと良く娘の心を明《あき》らめ給いて、娘も我も助け給いき。まこと、まことにかたじけなく候」

――ならば、来るのやなかったわ。

兵部としては中納言の結婚も妊娠も、疎ましく思いこそすれめでたいとも思わないし、まして助けになりたいなどと露ほども考えていない。気分が悪くなっただけだった。つまらないことをしてしまった。

東京極大路《ひがしきょうごくおおじ》に面した門に一番近い車寄《くるまよせ》に着くと、控えていた牛飼童《うしかいのわらわ》が踏み台に榻《しじ》を差し出す。それに足を掛けようとした瞬間、乳母が再び深く頭を下げた。

「次郎君《じろうぎみ》にもよろしく伝え給え」

――次郎？

兵部は思わず振り返り、そのせいで足を榻から踏み外してしまった。地にぶつけた小指の痛みを堪え、扇をぎゅっと握る。正月に破いた扇の代わりに持っていた、次弟からの歌が書きつけられた檜扇《ひおうぎ》ではない。鵺《ぬえ》との遭遇から日を置かず月は弥生から卯月へ、季節は春から夏へ移り変わり、衣替えを経て檜扇の季節は過ぎてしまった。今兵部の手元にあるのは紙張りの蝙蝠扇《かわほりおうぎ》であった。先程の中納言も、兵部が贈った衵《あこめ》扇《おうぎ》は持っていなかった。季節の儀礼という大義名分あってこそ、目上からの贈り物を使う様子を見せずとも兵部の怒りを買うことはなかったのである。

紙の感触を手に感じながら、兵部は低く声を絞り出した。

「次郎が何ぞ」

乳母の言う次郎君とは、件の山桜の歌を檜扇に書きつけて寄越した次弟のことである。乳母は兵部の弟らには直接乳こそやらなかったが、世話はよくした。そのため弟らとも顔見知りではある。

「出家し給いける折、我ら乳母どもにもお言葉を」

兵部の眉間に知らず力が入った。乳母の言葉通り、まだ十四の次弟は出家の身である。公卿の正妻腹の男子でも、長男以外はろくな出世も見込めず仏門に遣られるのが常であった。乳母が懐から取り出した文には、兵部の檜扇の山桜と同じ筆跡で歌が一首踊っていた。

『あはれとてはぐくみたてし古《いにし》へは世をそむけとも思はざりけん』

――可愛がってくれた頃には、俗世を捨てる身となるとは思いもしなかったろうに。

兵部が弟らや乳母と一緒に暮らしていた時は父もまだ存命で、子らは皆父の引き立てを得てそれなりに出世するのだろうと思っていた。だが父は子らの成人を待たずに没し、兵部は独身のまま宮仕えをし、長弟季宗《すえむね》も同じく宮仕えで跡取りながら物の怪を追いかけている始末、次弟に到っては俗世の望みを絶たれた。次郎が出家したのは十二歳の時だが、その歳で無念を感じていたのだろうか。昔から、歳に似合わず敏《さと》い子供ではあった。

――次郎も、つまらぬことを。

兵部は文を乳母に突き返す。出世栄達の道のなくなったことがもし無念であったのなら、乳母ごときに歌まで詠んで挨拶などせずともよかろうに。そのように他を気にかけるから取り残されて人生に競り負けるのだ。

それ以上は何も言わずに、兵部は車に乗り込んだ。乳母は門まで見送りに出てきたが、兵部は開け放しだった物見窓をぴしゃりと閉めて会釈の一つも返さずに東北院を辞去した。

大路に出ると、東北院では押し殺していた腹の中の黒いものが一気に噴き出した。

「ふっ、ふふっ」

昏《くら》い笑いが漏れた。外は黄昏、逢魔が時。雲一つない夜空のように、兵部の心は暗く晴れた。

——好い気味。様を見さらせ。

産み月までまだあといくらかあるのに今からあの様子では、とても安産とはいくまい。子が無事に生まれる目は低いだろう。もし生まれたとしても長くは生きられないだろうし、母体も危うかろう。母子共に命を落とすことも、いかにもあり得そうな話だった。

たかだか中流貴族の、卑しい家女房腹の娘のくせに、兵部を差し置いて当代随一の貴公子の寵愛を受けるなど無礼にも程がある。分不相応なことを望めばその報いは必ず返ってくるのだ。やはり、世の中はこうでなくては。

乳母の子の分際で、そんな幸運は許さない。何が落窪の君だ。落窪物語の姫は、母が内親王という尊い身分であればこそ、貴公子の北の方となったのだ。色好みで聞こえる京極殿は落窪の君一筋の右近の少将とは似ても似つかない。同じように、中納言だって落窪の君ではない。

——雛子の分際で。

多くを望みすぎたツケは、その身で払うべきだ。餓鬼のような様子を見れば、その日は近いだろう。それが楽しみで楽しみで、愉快でたまらなかった。

くつくつと兵部は嗤《わら》った。車が御所に戻るまで、ずっと嗤い続けていた。

十　あくりゃうはらへ【悪霊祓へ】

二条大路《にじょうおおじ》の南、西洞院大路《にしのとういん》の西に、二町にわたって建てられた広大な邸宅は、つい先日まで東宮御所《とうぐうごしょ》と呼ばれていた。しかし先帝崩御あって邸の主は東宮ではなくなった。なくなりはしたが、昨年焼失した大内裏《だいだいり》はいまだ再建されていないため、新帝は今も御所に留まっている。ゆえに、邸は東宮御所から里内裏《さとだいり》と呼び名を変えた。

東宮御所だろうと里内裏だろうと、兵部《ひょうぶ》の帰る場所が変わったわけではない。女《おんな》一宮《いちのみや》はただこの場所を閑院《かんいん》と呼んでいた。その閑院に車は帰り、兵部は東の対に向かって渡殿《わたどの》を歩く。東の対の主である女一宮の御座《おまし》に戻り、御簾の向こうの主に帰還を告げた。

大騒ぎになった。

「兵部！　汝は何《なん》じょうモノを率いて参り来たりや！」

普段は涼やかな声が氷の刃となって突き刺さる。常ならぬ主の様子に、兵部はただ瞬くしかない。

「居《い》よ。ふつと動くな」

扇で指された場所には茵《しとね》がなかった。剥き出しの畳の上に座らされるなど今までなかったことで、兵部は困惑する。

「女一宮、いかがし給うや」

「黙《あなかま》！」

女一宮は立ち上がり、屏風の向こうに声を張り上げた。

「誰かある！　父上――主上《おかみ》に、女一宮が御《おん》渡りを乞いたてまつると急ぎ奏《そう》せ！　斎院《いんのにょうご》女御にも同じく啓《けい》すべし。陰陽寮《おんみょうりょう》にも使いを遣れ！」

女房らは戸惑いながら、慌ただしく渡殿を駆けて行く。女一宮はさらに他の侍女を呼びつけ、几帳《きちょう》を数基持って来させた。あれよあれよという間に兵部は几帳の中に閉じ込められる。一間ほどもない空間に籠《こ》められて、その事態の異常さに頭がついていかない。

「女一宮、こは何事に候《さぶらう》か」

「黙、と申せり」

その声色から、女一宮は明らかに取り乱していた。尊き嫡流の皇女とも思えない。聡明で、寛容で、穏やかな女一宮はどこへ行ったのか。混乱のうちにも、みっともない、情けないと失望する気持ちが兵部の中に湧いてきた。

「……物に狂わせ給うか」

「物に狂えるは汝ぞ。あな由々し。あなうたて」

——こちらの台詞だ。

傍痛《かたはらいた》いとはまさにこのことなのだろう。居た堪《たま》れないし、こんな空間に身を置いていることが嫌でたまらなかった。主の狂乱ぶりなど見たくはないし、それに巻き込まれるのも勘弁願いたかった。

といって几帳の中に籠められた身では如何《いかん》ともしようがない。この茶番がいつまで続くのかと思っていると、やがて先触れが貴人の到着を告げた。

「主上、渡らせ給う！」

——主上？

帝を、さっきの今で呼びつけるとは、いよいよもって大変な無礼だ。たとえ実の娘でも、否、実の娘であるからこそ、慎まねばならない行いだというのに、本当に一体どうしてしまったのか。

几帳の外で女一宮が頭を下げる。その相手は帝一人ではなかった。

「かく慌ただしき様、畏《かしこ》まりようもあり侍《はべ》らず。——主上、斎院女御」

「悪しからず」

重なった声も二人分。男と、女。兵部からはその姿は影にしか見えない。だが自然に身が竦《すく》んだ。

帝は雲の上の存在すぎて、几帳を隔ててすぐ傍に立っているという実感がない。だが、斎院女御の厳めしい御有様は記憶に新しく、恐怖に似た感情が湧き起こった。その厳しい声が「——これは……」と凍る。

「馨子《かおるこ》。如何《いか》に見る」

斎院女御の諱《いみな》を、帝の言葉で兵部は今初めて知った。

「ひとかたならぬ穢れなり。宮、この者は何処《いずこ》に参れりや」

「東北院へぞ」

「東北院？」

再び夫婦の声が重なった。東北院の主、上東門院藤原彰子は、帝のみならず斎院女御にとっても祖母にあたる。二代の国母となりおおせた女院《にょいん》の血は、当然の帰結として当代の皇族の嫡流ほぼすべてに流れていた。

「女院に何事か……聡子《さとこ》。何故汝《なじょう》の女房が女院のもとへ参りたりや」

兵部の背筋を冷たいものが駆け抜ける。中納言を見舞ったことを誰に知られてもいいが、帝にだけはまずい。

「みずからの命に候《さぶらう》」

それは女一宮も承知の上、狂乱したと見えてもまだ現段階では兵部を庇ってくれるようだった。

「何故や」

「そは後《のち》にて。かかる穢れはみずからの手に余るゆえ、畏《かしこ》くも帝の御名にて陰陽寮に使いを遣りて侍《はべ》り。詔《みことのり》を偽りたる咎《とが》はいかようにも」

「許す。されば、かの物音は陰陽師どもか」

矜持が高く癇の強いことで名高い帝は、あっさりと偽勅《ぎちょく》に事後承諾を与える。長女を鍾愛すること限りなしという噂は嘘ではなく、事実そのままだった。

現実逃避のあまりそのようなことを考えていると、帝の言葉通り慌ただしく渡殿を渡ってくる足音が兵部の耳にも届いた。ただし、先日とは顔触れ――否、足触れがやや違うようだった。以前聞いた時と違い駆けてはいても遅く、若々しさがない。果たして響いた声は初老の男のもの一つだった。

「陰陽頭《おんみょうのかみ》賀茂道言《かものみちとき》、詔を承りて急ぎ御前に詣で来たり！」

激しい既視感と違和感を覚える。男の立ち入りは滅多に許されない女一宮の対、そこへこの短期間で二度も訪れた陰陽頭と、今日は声も気配もしない若い陰陽師。何故か、全身が総毛立つ。いるほうにではない、いないほうにだ。あの陰気な男はなぜ来ない？

――あの男がいなければ、鵺《ぬえ》の二の舞に。

「フーッ……」

突如、耳の後ろで獣が唸り息を吐く音が聞こえた。馬鹿な、と兵部は呼吸を止める。里内裏の局の几帳に籠められた中に、獣など入り込むはずがない。だが、耳元の息の音はますます荒く、動物の毛が揺れて擦れる音さえ耳に届いた。

「陰陽頭、賀茂の長者《ちょうじゃ》たる所以《ゆえん》を朕に示したてまつれ！」

響いた一喝。几帳が割れるように倒れ、その向こう側には初老の下級貴族と、威厳に満ち溢れた高貴な内親王と、兵部のよく知る女主人と、そしてもう一人——だがその顔を見るより早く、兵部は顔を伏せた。

「アアアアアアアアアッ！」

すぐ近くで獣のいななきが響いた。牽制か、悲鳴か、そのどちらもか、ただならぬ焦りを含んだ鳴き声だった。

「——、——」

初老の声が何やら呪文を紡ぐ。その言葉は聞こえてはいるが、頭の中で意味を結ばない。獣の息遣いが、鳴き声が、毛の擦れ合う音が響き、生臭い臭いがする。

——狐？

その動物に思い当たった時、鳴き声は兵部自身の口から出ていることに気づいた。身を起こそうとしてかなわず、首だけを上げれば、乱れた髪の合間から、下級貴族の装束の袖が翻り手刀が切られるのが目に入った。

「急急如律令！」

「ギャアアアアアアアッ！」

断末魔の悲鳴が兵部の喉を焼き、そして急速に離れた。身体からすっと何かが抜けていき、抜け殻となった兵部は支えを失い再び倒れ伏す。

「兵部、兵部」

近寄る主の声は、硬さが残るものの優しかった。

「誰ぞ、几帳を」

ぱたぱたがたと、高位の者が立てるのではあり得ない物音がする。ゆっくりと息を整えて兵部が顔を上げた時、またも几帳の中に籠められていることを悟った。ただ先程までと違い、兵部の隣には女一宮が寄り添っていた。

「打ち祓いたりや」

厳かな女性の声が響く。否、と初老の声は震えていた。

「逃れたるように候《そうろう》」

「撃ち漏らしたるか」

「まことに、まことに畏まり申す！」

几帳の外で陰陽頭が土下座している。勘気を孕んだ溜め息が落ちる。兵部の身は震えだした。几帳の外のやり取りも耳に入ってこない。

「致し方なし。下がれ」

——自分は、何を考えたんや？

様を見ろと、死んでしまえと、思ったのだ。餓鬼か幽鬼のごとき有様の乳姉妹《めのとご》を見て、案ずるでもなしに嗤った。腹の子もろとも死ねばいいと。

——何故そのような、恐ろしきことを。

歯の根が合わない。兵部はつい先程の自分の思考を思い出し、今までにない恐怖に震えた。鵺とかいう物の怪に襲われた時の比ではない。

「兵部……」

心配そうな主の声に、言葉を返すこともできない。自分は、この聡明で良く出来た人に、とても失礼な感情を抱かなかったか。どうして、どうしてそのような。わからない、一体自分はどうしてしまったのだろう。

震えは止まらない。三歳年下の女主人は、兵部の手を握り肩を抱いて、しばらくの間宥めるように撫でてくれていた。

十一　るす【留守】

穢《けが》れ、と女一宮《おんないちのみや》は説明してくれた。

悪念、物《もの》の怪《け》、怪異、鬼、怨霊《おんりょう》、何と名前をつけてもいいが、実体のない悪しき願いを兵部《ひょうぶ》は引き連れて帰ってきた。祓えば逃げたのだから、それは兵部を狙ったものではなく、兵部はただ穢れに触れて持ち帰ってしまっただけだと。

——では、自らのものとは思えないあの醜悪な思考は、すべて物の怪の仕業。

兵部は東の間ほっとする。だが心は晴れなかった。そろりと囁く声がある。今度は耳の後ろからではなく自分の内側から、本当にそうか、と。

妬み、嫉み、羨み、疎《うと》む心。中納言を、お腹の子を、果ては主君の女一宮をも対象に、腹の底で密かに育てていた悪意の箍《たが》が外れただけではないか。違う、と否定するたび嘲笑に似た理性が高圧的に兵部自身を苛む。己の醜さを否定し目を背ければ、いずれまた大きく育つ。その時も穢れを言い訳にできるとは限らない。

だが貴人らは兵部の内心など気にかけず、穢れを得た場所について話し合っていた。外出が理由ならば、心当たりは東北院しかない。東北院の主は帝さえないがしろにできない女院なので、一大事であった。

「女院を呪詛したてまつるほどの痴《おこ》なる者はあらざらん」

斎院女御《さいいんのにょうご》が帝に言う。当歳八十一の女院は、当代に生きる多くの者にとって、生まれた時から最も尊い女性だった。それを覆すことなど考えられないし、そもそも彼女を呪い殺したところで得する者は誰もいない。かつての国母として、藤原摂関家の最長老として、女院の影響力は絶大であるものの——否、絶大であるがゆえに、彼女を害したところで誰も取って代わることはできないのだ。他の誰も過去に遡って中宮にはなれないし、二代の天皇を産むこともできない。

東北院に住む誰が呪詛を受けたのか。兵部にはもう尋ねるまでもなくわかっていた。兵部の主も同様であった。女一宮は淡々と父帝に告げる。

「女院に侍《さぶら》う女房に中納言《ちゅうなごん》と聞こゆる者ありて、京極殿の繁く通い給うところになりぬとや」

「師実《もろざね》ごときに朕《ちん》が一の宮が『給う』などと、な言いそな言いそ！」

帝が爆発する。兵部は首を竦めた。女一宮は一呼吸置いて、父帝の勘気をさらりと流す。

「されば、京極殿の通われてある女君の孕みたると聞き、みずからが兵部を遣わしつる」

「何故師実《なじょう》が脇腹の子などに――」

「主上《おかみ》、黙給《あなかま》え。話の進み候《さぶら》わず」

至尊の夫より五歳年長の斎院女御は、いまだ勘気のおさまらぬ帝を諌める。女一宮は几帳越しに父の后へ一礼して、言葉を続けた。

「父上の御心は存じたれど、女院の傅《かしづ》きたもう子と聞けば、おろそかにもえせで……責めはみずから一人に侍《はべ》り」

「――ふん」

愛娘に深々と頭を下げられては、帝はそれ以上の追及はできないらしかった。どこかで見たような扇を振り下ろして明後日の方向に息を吐く。ひゅっと空を切る音が兵部の耳にも響いた。

憤る夫に対し、斎院女御は冷静だった。

「さらば、呪われたるはその女房か、腹の赤子か。誰ぞの妬みを買うたか」

「恨みならば山のごとくあろうよ。藤原御堂鷹司《みどうたかつかさ》の者どもめ」

「――主上」

年上の妻の叱るような呼びかけに、帝は肩を竦めたようだった。兵部は几帳越しに影を見ただけだったので勘違いかもしれない。

女一宮は義母にあたる斎院女御に頭を下げて啓上する。

「斎院女御。帝の践祚あらせ給いてなお賀茂の荒るるは」

「呪詛によりて都に穢れの蔓延《はびこ》りてあればなり」

帝の舌打ちが聞こえた。地上にあって最も尊い位にあるはずの御方は、日蔭の身が長かったせいか疵《きず》のない真珠のごとくに雅一辺倒とはいかないらしい。

「師実の妾などが腹の子ともろともに呪い殺されんとて大事なかれど、賀茂の荒るるは見過ごせず。正子は何をかしておる？」

帝の言葉に兵部は思わず声を上げそうになったが、女一宮に制される。兵部が身動きした物音を打ち消すように、女一宮は声を張り上げた。

「斎王にあられては、近頃病みがちとかや」

「病と？　聡子、何故汝《なじょう》が知りてありや。朕に奏する者はいまだなきに」

「祭に行きし折、女三宮が斎王の御身を案じたてまつりけることありて、みずからが賀茂に文を遣りたり。斎院御所より返しありて、斎王はこの頃篤しくなりゆき給うと」

女一宮は手元の文箱から文を取り出し、兵部に手渡した。帝に手渡せ、の意だということは言われなくともわかる。兵部は居住まいを正し、几帳から出た。

――斎王が風邪を召されまさねばよろしかれど。

祭の日、確かに女三宮はそう言っていた。幼子の根拠なき心配だと思っていたが、思えばあの日女一宮は真剣な表情で妹宮の言葉を聞いていた。

几帳を出て、兵部は叩頭する。文を掲げ持ち、斎院女御に差し出した。兵部は帝と直接やり取りすることが認められた身分ではない。帝には最低でも五位に叙されていなければ直答すら許されず、兵部はいまだその位を得ていなかった。

斎院女御は文を受け取り、それを帝に手渡す。女御の袖が振られ、声なき声で几帳の奥に戻れと命じられたので兵部は従った。

几帳の向こうで帝が文を一瞥し、大きく息を吐いた。

「……正子がこの有様で、都に呪《しゅ》のかくまでに蔓延《はびこ》りては、賀茂の荒るるも道理か。されども許さじ。賀茂の水とても朕の意の如くあるべし。賀茂には佳子《よしこ》を遣わす」

佳子とは女三宮の名である。帝の言葉の意は、女三宮を次代の賀茂斎院に据えるということであろう。そもそも帝が替われば斎王も代替わりするのが慣例であった。

「御意のままに。しかれども斎王の卜定《ぼくじょう》は今日明日にはなりませず」

「論無し。卜定までは朕が賀茂を見る。聡子、汝も具《ぐ》したてまつれ」

女一宮は目を見開き小さく息を呑んだが、頭を下げて「承りまして候《さぶらう》」と奏上した。

厳しい叱責の声が几帳の向こうから響く。

「女一宮。皇女《ひめみこ》ともあらん身が、軽々《かろがろ》しく遣われ給うな。主上、宮は従者《ずさ》にあらず」

「さればとて馨子、汝を伴うも非道なり。汝は朕が中宮ゆえ」

斎院女御は怯んだように言葉に詰まった。兵部も胸に去来するもろもろの感情を一瞬忘れて呆気に取られる。何とも豪快な惚気《のろけ》であった。

帝は践祚して間がなく、即位の儀も経ていない。したがって后の叙位も行われていない。斎院女御は身分からいって帝の嫡妻ではあるが、まだ后の地位にはない。そして、皇后及び中宮の位を摂関家の姫が占めた先代の帝の例を考えれば、叙位が行われるまでは皇女といえど一介の妃に過ぎない。それを、帝は中宮と言い切られた。

結局斎院女御はそれ以上は言葉を続けなかった。

◇

翌日から、宣言通り帝は女一宮を伴って連日のように外出された。兵部は留守番であった。

侍女とはいえ兵部は女一宮の身の回りの世話などできない。そういったことを引き受けるのは兵部よりも身分の低い女房の仕事で、兵部の仕事はもっぱら女一宮の話し相手だった。よって、外出の際の細々とした世話などが兵部に言いつけられることはなく、連れ立って行っても何もできないので、当然のように置いていかれた。

賀茂川はそう遠いところでもなく、女一宮は朝に出て夕刻には帰ってくる。それでも普段外出などしない深窓の姫君に連日の外出は堪えるらしく、兵部は夕餉《ゆうげ》の相伴に与りながら話題に気を遣った。夕餉の膳を見て、努めてはしゃいだ声を上げる。

「珍《めづら》かなり。魚が」

今日の食卓には久々に鯉のなますが上がっていた。特に祝いの日でもないのに、最近は食事が以前と比べてやや豪勢になった気がする。これはやはり践祚の影響であろうか。日蔭の東宮と帝、同一人物でも御位《みくらい》が違えば女房の食事まで変わるらしい。もっとも兵部の食事は女一宮と同じものを以前から出されていたため、践祚の恩恵を直接に受けているのは女一宮で、兵部はただおこぼれに与っているだけと言えないこともない。

しかし女一宮が鯉に手をつける様子はなかった。

「聞こし召さぬか？」

「賀茂へ参りたる間は清《きよ》まわれと、主上の仰せ言や」

帝が女一宮に潔斎を命じたと聞いて兵部は瞬くしかない。やんごとなき御方々の考えることは理解の範疇外だ。それがそのまま顔に出ていたのか、女一宮は疲れた顔にふっと笑みを浮かべた。

「帝は人にあらせ給わず、皇尊《すめらみこと》におわします。されば人の限りを超えさせ給うことのなどかあらざらん。まことの天子は、水神、龍神をも治め給う。賀茂の水とても、賽《さい》の目とても、山法師だに意の如くあそばし給うが天子の器なり」

女一宮は調子に乗るということがなく、物言いも控えめで大げさなことは口にしない。しかし今の言葉が誇張でないとすれば、それはまさしく人智を超えた神の御業だった。自然現象も、天運も、御仏の領域さえ帝が君主の器であれば思うがまま、というのである。

「帝の御流れに連なる者も、神仏の御加護を世に顕すことをいささか心得たり。さればこそ斎王は皇御孫《すめみま》の御流れより選《すぐ》らるるが定めなり。しかれども斎院は、この頃病み給うと聞く」

兵部はぽかんと口を開けてしまい、大君に指摘されるまで気づかなかった。

つまりは、皇族の御方には多かれ少なかれ神掛かったお力が備わっており、だからこそ神に奉仕する斎王は皇族から選ばれるのだという。それは周知の事実だが、兵部は縁起以上のものではないと思っていた。当代の賀茂斎院、帝の異母妹正子内親王が体調が優れないためにその務めが十分に果たせず、新帝の践祚あってなお賀茂川が荒れる。それも理屈としてはわかるが、神通力やら何やらがそうまで具体的な話とも思っていなかった。そのため臨時に帝が御自ら打って出て、女一宮はその補佐にあたっている。これは考えもつかなかった。

しかし考えてみれば信じられぬ話ではなかった。妖魔の類は今年に入ってから兵部も嫌というほど遭遇している。髪を食われたり、この身にとり憑かれたりとろくなことがない。ならば神掛かりの力が、単なる縁起以上の実体を備えて顕現したところで何の不思議があろう。そして政《まつりごと》を司る太政官のみならず、神事を司る神祇官をも統率するのが他ならぬ帝であった。

——鵺に襲われたあの夜、外など見えぬ局の奥から大君は「蔀を閉じよ」と叫ばれた。つまりは、そういうことや。

兵部はそれ以上は疑うこともなくするりと信じた。ただその神掛かりは万能ではないようだ。皇族が祈れば鎮まる程度に治水が容易いなら、過去に数え切れぬほど荒れた賀茂川の暴れぶりの説明がつかない。兵部は言葉には出さなかったが、女一宮は聡子というその諱に恥じず聡くも兵部の考えを読みきったようで、軽く頷いた。

「神の御業《みわざ》のみがこの世のすべてにはなきに、人の営みも世の徒事《いたづらごと》もまた政をぞ難《むつか》しゅうする……」

困ったこと、と言わんばかりに女一宮は黒い歯を見せてかすかな笑顔を見せ、鯉を残した膳を下げさせた。

◇

そうしてまたも数日、女一宮の留守は続いた。その間、賀茂川は穏やかに流れていた。

兵部は暇を持て余した。兵部は女房として出仕する身ではあるが、一応高位貴族の姫として、雑務や下働きには従事しない。煮炊きや掃除はもちろん、縫い物の類さえ行わない。兵部が雇い入れられたのは女一宮が退屈しないようにと話し相手にあてがわれただけのことであり、たまに女一宮が誰ぞと連絡を取り合う時の取り次ぎくらいが唯一の仕事らしい仕事だった。したがってその女一宮が外出してしまうと本当にやることがないのである。

中納言のことが気になった。帝や女一宮に怪異を退ける力があるというのなら、あるいは彼女への呪詛もうち払えるかもしれない。だが帝は政敵の妾など気にかけてもいない。為政者としては治水のほうが何百倍も大事であることは兵部だってわかる。帝に直接奏上することも許されない身で、取りなしを頼みうる女一宮も賀茂川にかかりきりでは、兵部にはどうしようもない。何かないのか、と考えても、所詮兵部も世間知らずの高位貴族の娘である。いささかもできることは思いつかなかった。

出家して山で修行していた次弟がひょっこりと訪ねてきたのは、そんな折であった。

十二　もとつひと【元つ人】

召使いの女童《めのわらわ》から客の訪いを告げられ、兵部は最初面食らった。

兵部は住み込みの女房であるからして、私的な知人の訪問を受けることは珍しい。間借りの身で男を引き入れることは、世間にはよくあることだが勇気のいることである。まして間借り先が今は里内裏《さとだいり》の御所ともなれば尚更だった。

先触れも出さずに来た客人は男だが、色めいた話ではなさそうだった。男は行尊《ぎょうそん》と名乗ったらしい。法名である。坊主が艶めいた目的で兵部のような高位貴族の姫を訪ねてきたら大問題だ。いよいよもって不思議なことであった。僧が訪ねてくる心当たりはない。

だが頭中将《とうのちゅうじょう》の諒解を得ていると言われれば、兵部としては拒む立場にない。帝は先日の践祚の折、それまで春宮亮《とうぐうのすけ》を務めていた近衛権中将《このえのごんのちゅうじょう》藤原良基《よしもと》を蔵人頭《くろうどのとう》に任ぜられた。そのためここ数日で良基は頭中将と称されることになったのであるが、彼は兵部の母方の叔父なのである。もともと帝の母后である大皇太后禎子《さだこ》内親王の側近として長く仕えていた彼の縁で兵部の出仕がかなったので、その意向を無下にはできなかった。

僧とはいえ男が相手なので、几帳を立てて居住まいを正し、兵部は客人を自分の局に通させた。入ってきた僧はその体格からして、俗人であればまだ元服もしない頃と思われる少年だった。

「や、姉上、久しゅうに。ご機嫌はいかがや？」

声変わりを経たその声に聞き覚えはない。だがこのくらいの歳で兵部を姉と呼ぶようなのには一人しか心当たりがなかった。肩すかしを食らった気分で、全身から力が抜けた。

「――何や、次郎か」

「いかにも。法名を賜って今は行尊と名乗っとりますよって、姉上もさように呼び給え」

几帳の向こうで行尊はつるりと剃った頭を撫でたようだった。兵部が次弟と会うのは実に二年ぶりだった。二年前、まだ声も変わらぬ十二歳で彼は出家し園城寺《おんじょうじ》に入ったのである。それに先立つ四年前に父は没し、後見のない貴族の次男坊が寺へ出されることは既定路線であった。

「ご機嫌は麗しゅうない、先触れも出さんで何や」

「何と。拙僧はあらかじめ兄上に文を遣って、姉上に伝えたもれと申しましたるぞ」

わしい。

——季宗《すえむね》、あのぼんくらめが！
兵部は思わず扇の陰で舌打ちした。長弟が亡き父に似てどうも極楽蜻蛉《とんぼ》の気質が抜けないのは今に始まったことではないが、連絡のひとつもまともにできないとは嘆かわしい。

二年も離れてはいたが行尊は筆まめなほうで、しかも生意気にも歳に似合わず歌才に恵まれたものだから、よく歌を書きつけた文やら扇やらが届いた。亡き父は政治的にはぼんくらだが、歌舞音曲に優れて風流人としての評判は高かったので、行尊もその血を受け継いだらしい。娘は基平の子だから基子《もとこ》、男子の幼名は上から順に太郎、次郎、三郎と安直に過ぎる名づけをした父が風雅とはお笑い草だが、その嗣子である兵部の長弟、行尊にとっては兄にあたる源《みなもとの》季宗もあれで詩の才はあり、若手漢詩人としての名声を得ている。ちなみに兵部の歌の腕前は、まあ人並みにはこなす程度である。

歌と筆の才を無駄にしない行尊は、用がない時でもよく便りをよこした。まして用のある時に連絡してこないはずはなかった。次に会ったら季宗をきつく咎めることを決め、兵部は次弟に向き直った。

「しかして、出家したる身でまろに何用や？」

「近頃悩ましく思うことあって、姉上と語らいたく。されど姉上にも物思い草のあるらし。いかがなされたんや？」

――我らの乳姉妹が呪詛を受けてお腹の子ともども命が危ない。だが助ける手立ても思いつかないし、それがわかったところで実行すれば帝のお怒りを買う。

　胸の内に浮かんだ言葉に、兵部は小さく首を横に振った。たとえ弟でも口に出して言えることではなかった。中納言が京極殿の愛妾であるために、彼女を内心で案じていることさえ帝に対して不敬にあたる。あの苛烈なご気性の帝に気取《けど》られたら、比喩でなく首が飛ぶかもしれない。それを思えば身内でも心の内を明かすことはできなかった。

「まろは何ということもなし。汝の悩みとは何や」

　誤魔化しと、いささかばかりの意外さをもって兵部は行尊に尋ねた。この次弟が兵部に相談事とは珍しい。幼児の頃から利発だった行尊は、周りの大人を煩わせるということがなかった。周りの年長者があのぼんくら父をはじめあまり頼りにならない人間ばかりだったということもあるし、出家前から行尊はあまり家に馴染んでいなかったということもある。次郎は、先々帝後朱雀院《のちのすざくいん》の妃である高倉女御《たかくらのにょうご》の猶子《ゆうし》となっていた。高倉女御藤原延子《のぶこ》は兵部らの父方祖母の妹、大叔母にあたる人物であり、当代の賀茂斎院正子内親王の生母である。高倉女御にとって一人娘である正子内親王が斎院に卜定され賀茂へ移ったのが十年前、一人都に残された高倉女御の慰めにと甥である父が次郎を差し向けた。猶子は姓も変わらず他家の相続人となるわけでもないので、兵部の次弟は完全に養子に出されたわけではなかったが、それでも次郎は高倉女御の邸で寝泊まりすることも多く、兵部や季宗とは打ち解けないまま出家した。決して仲が悪かったわけではないが、季宗と違って取っ組み合いの喧嘩をしたこともなければ、中納言のように一緒に雛遊びに興じたこともない。

行尊は兵部の訝しみに気づいた様子は見せなかった。

「拙僧は園城寺での修行の折に友を得ましてな、法名を公円《こうえん》というて」

公円法師は行尊と歳の頃も同じ、貴族の次男坊という境遇も同じで、意気投合したのだという。とはいえこちらの亡父の身位は従二位参議、公円法師の父君は存命で正三位権中納言というから、位階こそ血筋のおかげで勝っているものの官職は向こうのほうが出世しているわけである。皇孫でありながら納言にも昇れないとは、つくづく父は政治的には無能であった。

「公円法師の父君は御年五十一、近頃病を患いたりと聞きます。我が友は殊の外に案ぜられて、拙僧が訪《とぶら》いを言いつけられまして」

「行けばええやないか」

「さて、それが」

几帳の向こうで、行尊は笑みを浮かべつつ困り顔をするという器用なことをしてみせたようだった。

「──公円法師の父君は、大二条殿《おおにじょうどの》の家司《けいし》におわします」

「……関白の⁉」

高貴の姫らしからず、兵部は大声を出してしまった。大二条殿すなわち藤原教通《のりみち》卿は、亡き御堂《みどう》関白藤原道長《みちなが》卿の正妻腹の次男である。宇治殿の実弟にあたり、京極殿からすれば叔父である人物だ。家司は上流貴族の家政機関の長であり、側近中の側近であった。つまりは公円法師の父は摂関家の最側近であり、それはとりもなおさず帝とは政治的に緊張関係にあることを意味する。

「さよう。姉上、兄上の御有様《おんありさま》からせば、いかがなものかと」

兵部はしばし考え込んだ。御所に宮仕えの身からすれば、身内が帝の政敵と通じるのは非常にまずい。個人の出世進退の問題では済まず、一家の命運がかかる事態だ。行尊自身は世俗を離れた仏の世界で純粋に友情を貫こうとしているだけだとしても、足を掬われる口実にはなる。出世競争の敵方の落ち度を針小棒大に喧伝して陥れるなど、都の政治では日常茶飯事だった。聡い弟はそれを承知の上で、あらかじめ兵部に伺いを立ててきたのだろう。

──されど。

山寺に籠っていた行尊は世情に疎かろうが、兵部にはここ十数日の騒動は身近だった。先帝崩御から新帝践祚あって、帝と摂関の力関係は大きく変化しつつある。ほんの少々時間を取って考えをまとめると、兵部は扇を振った。

「構へん、行きゃれ」

「よろしいか？」

意外そうな行尊の声に、兵部は脇息《きょうそく》に片肘をついて身をもたせかけつつ頷く。

「帝は、大二条殿をば関白に任せたもうたんや。大二条殿は宇治殿ほどには御怒りを買われとらん」

賀茂祭の前夜、先帝崩御あって新帝はこの閑院に主だった公卿らを集め、その場で自らの治世の開始を宣言し、人事に関していくつかの意向を明らかにされた。まずは自らの子ら、すなわち嫡男である貞仁王と、女一宮をはじめとする四人の姫宮らをそれぞれ親王、内親王に叙すると仰せになられた。それは当然のことであり、正式な親王宣下は帝御自身の即位の儀あってからになろうが、特に反対もなく受け入れられた。

次に帝は、大二条殿を関白に任じた。摂政、関白は当代の帝限りの職であり、帝の崩御があれば当然に職務を解かれ、新帝が新しく自らの輔弼《ほひつ》を選ぶ慣わしだった。大二条殿の関白叙任にも反対はなかったが、おそらく公卿らの内心にいくらかの驚きはあったろう。新帝の摂関家嫌いは誰もが知るところであったからだ。

しかし、新帝は癇の強いところはあっても現実が見えないほうではない。摂関家なくして政《まつりごと》が成り立たないことくらいは理解しておいでだ。兵部の曾祖父にあたる三条帝は摂関を置かず親政を試みたが、そのために御堂関白藤原道長卿と対立して御位を追われ、さらにその嫡子の東宮敦明《あつあきら》親王――兵部や行尊の父方の祖父――は皇位に就けずに終わった。その後三代の帝は御堂関白を外祖父としていたため、摂関家が政治を牛耳った。帝の異母兄である先帝は特に荘園問題を巡って摂関家と意見を対立させることもあったが、結局血縁から当時の関白であった宇治殿に屈せざるを得なかった。新帝は血縁のしがらみは薄いが、かといって完全な親政を断行すれば三条院の二の舞になることは目に見えている。

そこで新帝は叙任を逆手に取って大二条殿を関白に任じた。もともと関白の地位に政治的な実権は伴わない。「関《あずか》り白《もう》す」と読んで字のごとく、その役割はあくまで帝の補佐であり、最終的な決定権は帝が有する。ここ数代の摂関家が強大な実権を持ち得た所以は、関白の職によるものでなく、血縁に物を言わせた囲い込みによるものだった。

摂関家に跡目争いがあるのは周知の事実である。長幼の序からいえば御堂関白長子の宇治殿の血筋が嫡流だが、大二条殿が子女に恵まれたのに比べ宇治殿は北の方との間にはついに子が生まれず、側室との間にも姫が一人しか出来なかったとあって、後宮政策を巡って火花が散ることもあった。帝は摂関家自体から距離を取りたがっておいでで、大二条殿のことも決して好いてはいない。しかし帝と大二条殿との間には、宇治殿との壺切御剣《つぼきりのみつるぎ》の一件のような個人的な遺恨はないのも事実である。

　宇治殿やその嗣子の京極殿ではなく、大二条殿を関白に任じて摂関家に楔を打ち込む。大二条殿は帝にとって大叔父とさほど近しい関係ではないので、政については否やを言わせないことができる。摂関家としては血縁を盾に無茶を通すことはできない以上、大二条殿は帝に忠誠を誓うしかない。加えて宇治殿も大二条殿も既に七十を超える高齢であり、嫌でも世代交代を意識せざるを得ない。大二条殿には北の方との間に九条大納言と称される息子藤原信長《のぶなが》卿があり、御年は四十七歳、まだ二十七歳の京極殿と比べれば経験の差は歴然としている。今回の関白人事で、この火種を燃え上がらせて摂関家が弱体化すれば結構、というのが帝のお考えであろう。

　――せやから、京極殿の政治的切り札である娘を産むやもしれん雛子《ひなこ》には、帝は冷淡であらせられる……

　兵部の気分は沈む。宇治殿、京極殿のほうへ肩入れする素振りでも見せようものなら、帝は決してお許しにならないだろう。とはいえ都の貴族にとっておよそ摂関家と関わりを持たないことは現実的ではなく、それは帝も千万知ろしめすところである。つまりは、宇治殿ではなく大二条殿ゆかりの者と交流を持つことについては、帝もそれほど咎め立てせず、むしろ今の状況においては表向きは推奨なさるはずだ。

「さすが姉上」

兵部が摂関家まわりの事情を説明してみせると、行尊は肩の荷が下りたように法衣の下で力を抜いた。そして早くも腰を浮かす。

「さらば、善は急げと申すよって、今行って参ります。姉上、ご機嫌よう」

「――待ちや」

だが逸《はや》る弟を、兵部は呼び留めた。

十三　のちのあふひ【後の葵】

摂関家の一族の屋敷は、左京の北辺、一条、二条あたりに密集している。閑院からは北東の方角だ。中納言の出仕する女院の東北院も都の北東の外れに位置する。どうせならと兵部は弟に遣いを頼んだ。ただし行き先は東京極大路よりさらに東の東北院ではない。いま少し手前のまだ都の内、左京一条四坊三町の新しい邸宅、その築地《ついじ》の撫子の花が見事なことが名高い花山院《かざんいん》への書状を届けるよう命じたのである。

「……姉上、先程言われたんは何やったんや」

「喧《かまびす》しい──」

「帝が──」

「知らず、早よ墨を持て」

呆れ声の行尊をよそに兵部は書状をしたためる。その間も次弟は愚痴を零していた。

「拙僧《せっそう》はやな、姉上や兄上の御身《おんみ》を案じてやな、まず御所に詣《もう》で来たんやで。それをや、姉上御自《おんみずか》ら拙僧をして勅意《ちょくい》に背《そむ》きたてまつらすとはあんまりや」

「言痛《こちた》きことを言うなや。悟らせたまわねばええんや」

「悟らせたもうて我らが家運が傾《かたぶ》かば何となさる？」

出家の身で、随分と実家思いなことを言ってくれるものだ。兵部はにやりと笑った。

「その時は、父母を同じゅうする同胞《はらから》の身、もろともに落ちぬべし。浄土への道行きを案内《あない》したもれ」

「嫌や！」

そうは言いつつも、行尊は兵部の差し出した書状を受け取ったのだった。だが一瞥してすぐに突き返す。

「姉上、右府《うふ》に差し上ぐる文ぞ。歌の一首も詠まれねば」

「かような色めいたる用やない」

「姉上！　貴《あて》なる姫君が貴なる公達《きんだち》に送る文が、かく悪《わろ》き有様とは傍痛《かたはら》し」

生意気に歌人としての才に恵まれた行尊は、出家の身のくせに艶めいた作法にもうるさかった。やむなく兵部は歌を適当に書きつける。

――落窪の雛《ひひな》遊びも月満ちてあくまで夜に移ろふ浮雲
姉の詠んだ歌を見て、行尊は額に手を当てた。

「字余りや……かように呪々《のろのろ》しき歌がありますかいな。今を時めく右の大臣《おとど》に……」

「せやから色めいたる話やないと言うたんや。あの色好みには恨み言の一つ二つ聞かせずにおれるものかは。雛子が物言わずとも、まろまで黙《もだ》して見過ぐすべきにあらじ」

小式部内侍《こしきぶのないし》の名高い大江山の歌には及ばずとも、痛烈な皮肉のこもったいい出来だと思う。落窪物語になぞらえて雛子を弄んでおいて、孕めばよそで夜遊びを、夜が明けるまで飽きるまで心移りを繰り返すのかこの浮かれ男が――とありったけの嫌味を詠み込んだ。歌の枠は言葉の裏に隠した真意をいかに匂わすかであり、直接的な表現は雅ではない。さればこそ掛詞が発展し、兵部も歌に使用したが、婉曲表現とはいえここまで悪意が明け透けでは風雅もへったくれもないだろう。だがそれでよかった。別に歓心を買いたくて詠んだ歌ではないのだ。

「いざ、行きゃれ」

扇を振ると行尊は諦めたように首を振る。

「……よしや右府が花山院におわしまさねば？」

「鷹司殿へも、土御門殿へも行け」

恨めし気な視線を几帳越しに投げながらも、弟は文を手に兵部の局を出て行った。

◇

行尊の元々の用事は、大二条殿の家司を訪ねることである。大二条殿の邸宅は、兵部の住まう仮御所、閑院より真東に五町の距離である。花山院はその大二条殿から真北に六町の距離にあった。六代前の帝が退位後に後院《のちのいん》として住まわれた由緒正しい邸宅であるが、紆余曲折を経て今は京極殿が別宅として使用している。

——よしや右府が花山院におわしまさねば。

右府とは右大臣、すなわち京極殿のことである。摂関家の嗣子はどこに住んでいるかといえば、これがあまり明らかではない。摂関家の邸宅は一つではなく、京極殿も複数の邸を根城にしていた。

まず真っ先に考えられるのは鷹司殿である。もともと御堂関白の正妻である源倫子《みなもとのともこ》は、左京一条四坊九町の鷹司殿に住んでいた。鷹司殿は閑院から東に七町、北に八町を隔て、花山院からは北東にそれぞれ二町ずつの距離がある。摂関家の本拠地ともいうべき鷹司殿に京極殿が寝泊まりしている可能性は大いにある。

また鷹司殿の真東に隣接する土御門殿は、別称を京極殿ともいい、ここ数代の帝の里内裏として使用されたこともある摂関家の本拠地であった。右大臣藤原師実《もろざね》卿——中納言の君のお腹の子の父親——を京極殿と称するのは、この邸宅の名による。京極殿の父君である宇治殿は今はその通称の示す通り宇治に隠遁し、息子を摂関家の本拠地に住まわせた。京極殿の逗留場所を探るなら、別宅の花山院よりもその名に負う本宅の京極殿のほうが可能性は高いのかもしれない。

さらに京極殿にはまだ別宅がある。京極殿の母君は宇治殿の正妻ではなく妾であったので、摂関家の邸宅が立ち並ぶ一帯には立ち入らず、左京三条三坊十二町、閑院から東に三町、南に二町のところに居を構えていた。土御門殿からは南北に十町、東西に五町の隔たりである。妻問婚の世では子は母方で養育されるのが常だから、あるいはそちらのほうが京極殿には馴染みが深いかもしれない。

またあるいはどこぞの親戚や別の女のところに寝泊まりしている可能性もある。何せ相手は音に聞こえた色好みの貴公子である。適当な女を口説いて泊まるくらい日常茶飯事であろう。

京極殿の居場所について、無数の可能性のうちから兵部がまず花山院に当たりをつけたことに確たる根拠はない。強いて言うなら女の勘繰りというものだった。

京極殿は中納言を孕ませて夜離《よが》った。男が孕んだ女から遠ざかるのは、もともと子を望む関係ではなく夜の慰みが目当てだったからと考えられる。とすれば、そうした色好みの男は行為の相手となる別の女に行くだろう。

とはいえ、正妻のもとに帰るとも考えられない。北の方の立場からすれば、夫が外に妾妻を持つのは世の習いといえど、喜ばしいことではない。まして京極殿の北の方、源麗子は、まだ息子しか産んでいない。夫の後宮政策の要ともいえる娘を、外の妾が産むかもしれないとなれば心中穏やかではいられないだろう。そのような心境の妻のもとへ男が喜び勇んで帰れるものとは思われなかった。そういうわけで、源麗子が住む土御門殿を兵部はまず候補から除外した。

かといって、摂関家の邸宅街を離れてどことも知れぬ家で女遊びに興じているとも思われなかった。先帝の殯《もがり》や新帝の即位の儀の準備など、官吏は今仕事が山積みのはずだ。政治的に緊張関係にある大二条殿が関白に任ぜられた今、京極殿としては女にうつつを抜かして政務を疎かにする暇もないはずなのである。また、夜離ったとはいえ中納言は東北院で女院の庇護下にある。伯母であり摂関家の最長老である女院の手前、重要な政治的手札を産むかもしれない中納言をあからさまに放り出しては、摂関家の後継に相応しくないと女院に見放されよう。上東門院藤原彰子の影響力は絶大なのである。新帝さえ、祖母にあたる女院をないがしろにはできない。

京極殿としては今日の政治情勢上、嫌でも摂関家の邸宅街に詰めていなければならないはずだ。そういうわけで母君の館に逗留している可能性も低いだろうと兵部は断じた。

といって、浮き名を洪水のように流す色男が女なしでいられるとも思えない。とすれば、別宅の花山院がいかにもありそうに思えた。その外観の優美なことで知られ、建て直して数年ほどの花山院は、女を連れ込むのにはうってつけである。

——ま、外れとったら次郎が歩けばええのや。

徒歩《かち》で外に出ることさえ滅多にない姫君である兵部は、山修行などもこなすらしい弟をこき使うことにいささかの良心の呵責も感じなかった。

◇

女一宮は夕餉前には帰ってきたが、行尊は日が暮れても戻ってこなかった。

一応食事はもう一人分厨に言いつけてあったのだが、無駄になった。兵部が読みを外して行尊は手間取っているのかもしれないし、大二条殿の家司とやらに引き留められて一晩の宿を得たのかもしれない。御所に帰ってこなくても、都には実家もあるし出家前の行尊を猶子として可愛がっていた高倉女御の邸もある。弟のことはさほど気にせず、今日も疲れた様子の女一宮を煩わせぬよう言葉少なに夕餉の相伴に与り、食事が済むと兵部はさっさと自分の局に下がった。主君には休息が必要だった。

だがまさに夜も更けて寝間着に着替えようという時に、行尊は再び兵部の局を訪れた。

「何や、こんな刻に。女一宮の対《たい》ぞ、昼ならまだしも今誰ぞに見らるれば一大事や。話は明日聞くよって、今宵は季宗《すえむね》の部屋にでも行って宿を借りて――」

「それどころやない」

兵部の言葉を途中でぶった切った弟の何やら切羽詰まった様子に、どうやらすぐにでも聞かせたい話があるようだと悟って兵部は行尊を招き入れた。寝間着に着替えるため呼びつけていた女童を追い返し、しばらくの待機を命じて人払いをした。

「姉上、几帳を」

行尊はそう一言断ると部屋の隅の几帳を動かして兵部を奥に隔てた。切迫した様子の割に作法にうるさい奴だ、と思いながら兵部は腰を下ろす。

「ほんで、文はいかがしたんや？　誰ぞ家人《けにん》に言付けたんか、返しはいつ頃？」

「今この時ぞ、兵部の君」

弟のものではない朗々たる美声に、兵部は固まった。廊から男が入ってきて几帳の向こうに腰を下ろす。足音だけでその所作の優美なこと、影だけでその体躯の美しく均整の取れていることがわかる。

「……京極の大臣《おとど》」

「いかにも。かく燃えぬばかりの歌を貰うてはいても立ってもおられず、取るものも取りあえず参りたり」

京極殿、右大臣藤原師実《ふじわらのもろざね》卿であった。言葉とは裏腹にその声の響きにちっとも慌てた様子はない。几帳の向こうの影は優雅にうごめき、何かを行尊に手渡した。脇に控えていた行尊はそれを几帳の端からそっと差し入れる。それは歌を書きつけた扇で、葵の花が一輪乗っていた。

——ちはやぶる御生《みあ》れ祭の有栖川《ありすがわ》いづれが花か影の白雲
兵部は思わず舌打ちしたいのを堪える。それは紛れもなく兵部が贈った悪態まみれの歌への返歌だった。御生れ祭とは賀茂祭の別称で、有栖川は賀茂斎院の近くを流れる川である。その川に映る白雲は花と見分けがつかない、と表向きを読めばそんな意味の美しい歌だった。

ただし、直接的な表現は芸術において野暮であり、含みを持たせない歌は駄作である。先の歌で兵部が京極殿を浮雲と称して浮気性を当てこすったのに対し、雲には花がわからない、と本歌取りまでしてとぼけてきたのだ。雲と花を見まごう描写は、古今和歌集にも見られる芸術表現だった。さらには賀茂祭の花に掛けて葵の花を添えてくる抜かりのなさ。雲とまごう花は春の梅か桜であるのに夏の催事である賀茂祭と一緒に詠むちぐはぐさを、実物の花を添えることで粋に変える。何とも憎らしいばかりの瀟洒《しょうしゃ》な返しだった。

葵の花はまだ美しいが随分萎《しお》れている。その様子が痩せ細った中納言と重なって見えて、兵部は思わず指先で花びらを撫でた。そこへ見透かしたような声が振る。

「我が第《だい》の撫子は口惜しくもいまだ盛りにならず。撫子の代《しろ》に後《のち》の葵を差し上げ申す」

花山院は撫子の見事なことが有名だ。やはり兵部の読み通り、京極殿は花山院に逗留していたらしかった。

賀茂祭では衣服や車を葵の花で飾るのが普通だ。飾りつけに使った葵のことを、祭が過ぎれば後の葵という。京極殿の返歌の内容からすれば後の葵を添えることはむしろ自然である。扇の上の葵の花は、賀茂祭から十数日を過ぎていることを思えば見事なものだ。紀貫之の土左日記ではないが、萎れた花にも雅を見出すのが粋人とされている。しかしいくら枯れゆく花のものあわれを愛でる文化があるといっても、名物でもない先月の朽ちゆく花を敢えて贈られることに含みを感じずにいられるほど兵部はおめでたくはなかった。

十四　をんぞうゑく【怨憎会苦】

洒落た香の匂いが几帳越しに漂う。俗世を捨てた弟のものであるはずがないその香りの上品で華やかなことに、兵部は体温が上がるのを自覚した。

――これが、今を時めく殿上人か。

だが生来の気性と幼馴染への情のほうが勝った。摂関家には比ぶるべくもないが兵部も一応は公卿の姫であり気位は高い。いきなり押しかけてくるような無礼は癇に障った。なおいきなり嫌味な文を送りつけた自分の非礼はこの際棚に上げておく。その上病み衰えた中納言のことを思えば、京極殿が魅力的であればあるほど怒りが増した。

「――近頃雛子《ひたこ》の元へおわしまさぬはいかなる事に候《さぶら》うや」

直截に切り込んでいけば、部屋の隅に控えた行尊は呆れ果てたように天井を見上げた。だが京極殿のほうは優美な仕草で苦笑しただけだった。

「雛《ひいな》の子、鄙《ひな》の子、我が落窪《おちくぼ》の君」

くつくつと笑いながらこの場にいない中納言を呼ぶ京極殿の声には親しみが込められてはいた。だが兵部は同時に蔑みの響きを聞き取った。落窪は元来蔑称である。現に零落の姫と時めく貴公子の恋物語である落窪物語では、主人公の姫が「落窪」と呼ばれているのを貴公子に聞かれてしまい、姫はそれを恥じて泣くという場面があるのだ。

「雛子は孕みてあるに、病にぞ臥《ふ》し侍《はべ》る。儚くなりぬやも」

京極殿は一瞬だけ身を硬くしたようにも見えたが、あるいはそれは灯台の火の揺らめきが見せた幻であったかもしれない。応える声は相変わらず朗々と伸びやかに美しかった。

「儚《はかな》びたるこそ女は臈《ろう》たけれ」

——ほう。さすがに女院の甥御殿やな。

女院藤原彰子がかつて中宮であった頃、その宮中には数多くの女官が侍っていた。そのうちの一人が源氏物語の作者紫式部である。源氏物語の夕顔の巻の一節を京極殿は諳《そら》んじてみせた。それは光源氏が若き日の恋人夕顔に寄せた台詞のもじりだった。女は儚げなのがよろしい、というわけだ。そして光源氏の女性評には続きがあった。

兵部の体温はいよいよもって上がる。怒りによって。胸に渦巻く熱い思いの迸《ほとばし》るままに、兵部も続きの一節を暗唱してみせた。

「『かしこく人になびかぬ、いと心づきなきわざなり』？」

光源氏は賢くて自分になびかない女をけなした。気が強く人の言うことを聞かない女は好みではない、と京極殿は他人の言葉を借りて言ったのか、そうではないのか。几帳の向こうで夕顔の帖はなおも続く。

「自らはかばかしく健《すく》やかならぬ心慣らいに、女はただ柔らかに、取り外して人に欺かれぬべきが、さすがに物慎《ものづつ》みし、見む人の心には従わむなむ、あわれにて、我が心のままにとり直して見むに、なつかしく思《おぼ》ゆべき」

その弁は京極殿の口から発せられたが、京極殿自身の言葉ではない。それを綴ったのは紫式部だった。『自分がはっきりせず頼りない性格だから、女はただ柔和で、どうかすると人に騙されそうなくらい無垢で、慎ましやかで、夫には従順であればこそ可愛い。そういう女を自分の思うままに調教できれば、睦まじく過ごせるだろうに』というわけで、好みはそれぞれだろうが、光源氏が実在の人物であれば兵部など洟も引っかけなかったろうと思わせる台詞である。夕顔は中納言にこそ重なる。好意的に聞けば源氏物語を引いて中納言のことを惚気られているのだろうが、兵部はとてもそれを心地よくは聞けなかった。

京極殿は落窪物語になぞらえて中納言と逢瀬を重ねた。今は光源氏の長台詞をすらすらと歌うように紡いだ。物語の類をよく読む、優れた教養の持ち主であることはわかった。

諳んじるほど源氏物語を読み込んでいるのであれば、それがどんな場面か失念しているわけはなかろう。兵部は目の前が赤くなるほどの激情に囚われた。

「『はかばかしく健やかならぬ』とは京極殿、随分卑下し給うこと」

「何の、さここそが我が有様に候《そうろう》、兵部の君」

京極殿は頼りないどころか、三十にもなっていないのにやり手の切れ者と評判だ。出世の早さは親の七光りのゆえだろうが、それでも大二条殿はじめ並み居る競争相手に足を掬われることもなくここまで来ている。失脚を狙う人間は星の数ほどいる中で、まずまず見事に政界を泳ぎこなしている。

だがそれはとりあえず問題ではない。京極殿は夕顔の帖の光源氏を自分に重ね合わせた。それが兵部にとっては見過ごせなかった。単に一般論として物語の一節を引き合いに出したのではないことは、京極殿の言葉から明らかである。そしてそれならば夕顔にも比される女がいるはずだ。他ならぬ中納言である。

喉元までこみ上げた怒りをどうにか押しとどめつつ、兵部は軽く話題を変えた。

「……まろと雛子は、幼き折の遊びに、蹴鞠《けまり》などよくつかまつりけり」

「そは、よろしき事かな」

打って響くように相槌が返ってきたが、京極殿の声には隠そうとして隠しきれなかった訝しみが滲み出ていた。

そう、思い出す。まだ子供だった頃、兵部は中納言とよく蹴鞠をして遊んだ。正確には、中納言は普通に鞠を転がしたりついたりして遊びたがったが、お転婆な気質だった兵部が蹴鞠を好んで中納言を引っ張り出したのである。主筋の兵部に否とは言えなかったのだろう、中納言は下手ながらによく相手をしてくれた。そのうちに長弟の太郎すなわち源季宗《みなもとのすえむね》が成長したので蹴鞠の相手は彼に代わったが、中納言はそうってほっとしていたかもしれない。

幼い日の兵部は、鞠を宙高く蹴り上げるのが得意だった。二十二歳の今、兵部はすっくと立ち上がり、几帳の脚を思いきり蹴飛ばした。

「姉上！」

部屋の隅で行尊が悲鳴を上げる。蹴った几帳はそのまま向こうに座っていた京極殿に覆い被さって倒れた。

「何が源氏や、夕顔や。雛子は物に襲われてかくまでに弱りしに、夕顔のごとく悪霊の怨みによりて息果てよと仰せか！　大臣《おとど》は光源氏のごとくに雛子にうち添いもせで、ようも言い給えるものぞ！」

光源氏が件の台詞を口にしたのは、夕顔が六条御息所《ろくじょうのみやすんどころ》の生霊にとり殺された後のことだ。兵部の幼馴染を、それも病に苦しむ妊婦を、悲惨な最期を迎えた女に喩えるとは不謹慎にも程がある。しかも光源氏は夕顔が急死した夜まで足繁く通っていたのに対し、このところめっきり足が遠のいている京極殿がよりによって何という言い草か。

怒りのままに裏から見下ろした几帳の、薄絹の帷《かたびら》を白い手が掻き分ける。男の手らしく骨ばってはいるが、それでも指の先まで優美な造形だ。そして現れたのは、輝くばかりの花の顔《かんばせ》だった。

——成程、美丈夫やな。

兵部は即座に認めた。京極殿は噂通り、いや噂以上の美貌だった。疑いもなく、兵部がこれまでの生涯で目にした中で一番の美男がそこに座していた。

「……物に気取られぬるか。さればこそ」

そう独りごちると、京極殿はいきり立つ様子もなく自分に倒れ掛かった几帳を立て直す。ただし帷を一枚手にしたまま、薄絹の下を沿うように視線を上げて兵部を見上げた。

「されど兵部の君。我がかの姫のもとへ行きても如何《いか》にもなるまじ」

「何を——」

「怨霊なれ生霊なれ、我が中納言の君の病みたるが誰ぞの恨みによるものならばなかなか、我の訪《とぶら》いは恨みをいや増さん」

兵部はとっさに反論できずに黙り込む。中納言が呪詛を受けたと聞いてから、彼女の体調ばかりが気づかわしく、その所以については思いを致したことがなかった。

「誰が我が落窪の君をぞ恨みたる？　我が他に通う女君か」

女の嫉妬はまず女に向く。色好みの京極殿なれば、他の女が嫉妬のあまり呪詛に走るのはいかにもありそうなことだった。ありふれすぎて、誰と推測もつかない。

「我が時を失い世を侘びることを望む者か」

それもあり得る。摂関家の内部においてさえ、京極殿は跡目を巡って大二条殿やその子息と火花を散らしている。摂関家の外にも敵はましてて多かろう。他の氏族は、多かれ少なかれ藤原氏の凋落を望むところがないではない。

「さもなくば、中納言の君の時めくを妬み嫉みたる友達《ともどち》の誰ぞか」

京極殿は兵部を真っ直ぐに見据えた。下から見上げられると、目つきがきつく見えるのだと知った。

「まことかの姫を助けまほしかば、呪詛を行いたると見えし者の宿にこそ攻め入るべきにあらじや？」

「まろが雛子を呪いたりと仰せか！」

「妬み嫉まれることのつゆ無く候か？　通われる男君のありとも聞こえぬ寡婦《やもめ》の御身で、下臈《げろう》の乳姉妹《めのとご》が我が想い者となりても？」

目の前が真っ赤になって、兵部は扇を振り上げた。確かに妬ましかった。酷く嫉妬した。その醜い感情を物の怪に付け込まれて取り憑かれもした。己の恥を暴きたてた京極殿の端正な顔を容赦なく打ちすえるつもりであったが、振り下ろす手は途中で受け止められた。京極殿が俊敏に腰を浮かして立ち上がり、几帳の中に押し入って兵部の腕を捉えたのである。

「何をなさる！」

「花山院に来給うか、兵部の君？　撫子よ、常夏よと愛でて持て成さん」

京極殿の別宅である花山院は、その築地に植えられた撫子の美しさが評判である。のみならず、撫子も常夏も恋しい女を呼ぶ時の美称であり、源氏物語では夕顔がそう称された。

「好色がましく在《いま》すがるかな、京極殿」

「しかり、浮雲は高みにありて花の上を移ろうものぞ」

京極殿は兵部の腰に手を回してきた。よし、命が要らないとみえる。兵部はもう片方で張り手を繰り出そうとしたが、ぐっと抱き寄せられて揃えた指は空を切った。

「帳台《ちょうだい》にありては激しからまほしと思いこそすれ」

京極殿はそう言って兵部の帳台、すなわち寝具に目をやる。その意味するところがわからないほど兵部も初心ではない。しかしそれに応えるかどうかは別である。

「まろをば、雛子の代わりにと思《おぼ》さるるか」

「さこそがお望みにてはあらじや？」

「さまでに思い上がり給えるか。右府《うふ》ともあらん御人が烏滸《おこ》がまし！」

「されば兵部の君、他に如何なる手のあらんや」

近づけられた美しい顔は、思いの外真剣な表情を浮かべていた。声からもいつの間にか艶めいた響きは失せていた。

「如何にとは？」

「誰の仕業ともわからぬ上は、物の怪の計《はか》を違えるより他にあるまじ」

その言葉の意味を理解するのに、少々時間を要した。あれだけ怒りに燃えていた身の内が、凍てついた鉄を打ち込まれたように冷えていく。

「……まろを、悪霊の怨みを受くる身代《みのしろ》にと？」

「見返りは多からん。中納言の君を助くるが望みならば」

中納言への呪詛がどこぞの女の嫉妬ゆえならば、新しい女が出来ればそちらに対象が移るだろうというわけである。どこまでも、兵部を物扱いしてくれる。中納言もこの美しい男にこのように扱われたのだろうか。ただの手慰みの玩具のように。怒りと屈辱で兵部の身は震えた。

両手を封じられても人間には口がある。噛みつこうとしたその時、視界の上にきらめく光があった。

「暫《しば》く、大臣《おとど》。我が長姉《このかみ》より離れ給え」

行尊が抜き身の短刀を京極殿の首筋に突きつけていた。京極殿は慌てた様子も見せず、軽く肩を竦めて兵部から手を離し距離を取る。

「法師、俗世を捨てられたる身に光り物とは」

「拙僧らの三井寺《みいでら》は、近頃比叡の山法師とそこかしこに争いければ、否が応にても弓も刀も使うるを得申す」

三井寺とは行尊の帰依する園城寺の別称である。仏門にも覇権争いは存在し、ことにここ数年の園城寺は比叡山延暦寺と激しく対立しており、焼き討ち騒ぎが常態化していた。

行尊が京極殿を几帳の外に引きずり出す。京極殿が再び几帳の前に座り込んだのを確認して、兵部の弟はやっと刀を納めた。

帯剣している行尊を気に留めた様子もなく、京極殿は几帳越しに兵部を再び見据える。

「しからば兵部の君は、我に如何にせよと言わるるか」

「疾《と》く東北院へぞおわしませ。雛子は――」

「さらば帝の宸襟《しんきん》はえ安んじたてまつれず。されどなお？」

兵部はそれには答えられなかった。中納言に、ひいては京極殿に肩入れすれば帝の御意に背くことになり、露見すれば間違いなく逆鱗に触れる――そんなことはわかっているからこそ、これまで身動きが取れなかったのだし、身内の訪問にかこつけてこっそりと京極殿に文を遣ったのだ。それがまさか本人が忍んでくるとは。

「かの姫を助くるは即ち帝の御意に背きたてまつるなり。帝を敵《かたき》と致し申さば、我を夫《かたき》と得《う》るより他に都に生く途もなからん」

それは――その通りだった。帝と対立してなお日の目を見るには、摂関家の庇護下に入るしかない。女の身で庇護を受けるには、その身体を差し出すしかなかった。

だが、痩せ衰えた中納言の姿が目の裏に浮かぶ。身分からして、束の間の戯れの相手以上には扱われないことは中納言自身もわかっているだろう。それでも恨み言のひとつもなく、純粋に京極殿を慕っていた。周囲の女房らの妬みを受けても、報復など考えもせずただ昔の思い出を頼りに兵部に会いたがった。会えばこちらは不愛想な態度だったのに、本当に嬉しそうに兵部を歓待した。

ただでさえ後見の弱い中納言の、幼き日の心の支えであった兵部が夫を寝取るのか。それはできなかった。

だが既に帝の意に染まぬ行いをなし、我が身を守るためには京極殿の申し出を受けるしかないと頭ではわかっている。兵部が不興を被れば、実家もただでは済まない。狼狽のままに、兵部は部屋の隅に座る行尊を見やる。几帳の薄絹越しの弟の影は、微動だにしなかった。

家族のことを考えれば頷くべきだ。だが、どうしても即座にそうはできなかった。

騒がしい沈黙が落ちた。しかし無言は長くは続かなかった。天より降るかのように高みから落とされた声があった。

「――誰にても汝の首を持ちて参らば朕《ちん》の宸襟は大きに安らけし」

その覇気に満ちた声には聞き覚えがあり、兵部は硬直した。一方の京極殿は愉快そうに身を震わせ、声の方に向き直る。

「これは主上《おかみ》。此方《こなた》の局に御渡りとは」

「こは朕が女一宮の対ぞ。不遜なり、右府。如何なる帝が参内を許したりや」

「我はこれなる帝の女房の君に文を贈られて詣でたり」

「なっ」

兵部は思わず声を上げたが、慌てて口を押さえる。声を上げてはいけない。

京極殿の言葉に、怒りを含んだ視線が兵部に向けられる。几帳越しにも怒気は伝わった。

「――またも汝か。朕が女一宮に侍《さぶら》う身にありながら、師実ごときを通わせたりか」

誤解である。しかしそう弁明はできなかった。叙位も受けていない兵部は、帝への直答を許されない。一方従一位右大臣の京極殿は直奏も当然の権利である。そこを熟知してのことだろう、混ぜ返すように口を挟んできた。

「都の女君は誰も彼も我に文を贈るなり。かく煌々《きらきら》しき公達は我をおいて他になければ」

ふざけるなと激昂することさえ、帝の前ではできない。口を塞がれた兵部の前で、京極殿は好き勝手に言い募る。帝の怒気はいよいよ濃く、局全体に満ちわたった。

――嗚呼。我が家は終わりや。

兵部の命運は尽きたかに思えた。

十五　いくたち【生太刀】

几帳の向こうでひゅっと空を切る音がした。

「朕《ちん》自らその首刎ねてくれようか」

几帳の影から、座す京極殿の肩あたりに立位の帝が何やら棒状の物を突きつけておいでの様子を兵部は悟った。

——まさか、帝は真剣を？

気が遠くなる。応える京極殿の声も、さすがに先程とは違って微かに震えていた。

「……一夜に二度も刀を掻《か》い付けらるるとは」

二度、と聞いて兵部ははたと思い当たる。行尊は先程兵部に助け舟を出した折、短刀を用いた。つまり弟は帯剣しているのである。御所において帝の護衛以外が理由もなく帯刀することは言うまでもなく不敬にあたる。何とか隠さねば、と思って局の中に行尊の姿を探したが、影も形もなかった。

どうやら帝がお出でになったどさくさに紛れて出て行ったらしい。逃げ足の速いことである。家運が傾いても次弟のことは心配いらないような気がする。そうすると心残りは父に似てどうもぼんやりした気質の季宗《すえむね》と、まだ幼児の末弟三郎のことであるが、せめて帝に処断される前に女一宮に後に遺される家族のことを頼む時間がないものか——ともはや兵部が後の世に思いを馳せていると、すりすりと優美な足音が近づいてくるのが聞こえてきた。兵部の局の前で足音は止まり、涼やかな声が兵部を現実に引き戻す。

「——主上《おかみ》になむ奏したてまつり侍《はべ》る。みずからの対をば穢れに染めさせ給うは思い止《とど》めさせ給え」

「聡子《さとこ》」

帝は少し慌てたような声で女一宮の名を呼んだ。

「聡子、几帳へ入れ。師実《もろざね》ごときに顔をば見するな。右府、面《おもて》起こさば汝の首は体より離るるぞ」

「主上が御太刀《みたち》を納めさせ給えば、直ちに」

金属の滑る音に続いてカチンと鍔《つば》と鞘《さや》が打ち合わさる音が響いた。次いで、女一宮が几帳の裏に入ってきた。兵部は少し脇に寄り、主人に上座を譲った。

「宮……まことに畏まりて」

「何も言わずともよろし」

女一宮はいつもより不愛想だったがその声は柔らかかった。機嫌が悪いのではなく、単に眠いのだろう。このところお疲れの様子であったのに真夜中に叩き起こす形になってしまい、兵部は申し訳なさから身を縮こまらせるしかなかった。

「主上、大臣。こはみずからの対の、みずからの女房が局に候《さぶらう》。如何《いか》にかく騒がしく在《いま》すがり給い候や。男《おのこ》の御身にあらせ給い候ては、夜に女をば訪わせ給うは、かの女を妻問わせ給うことに同じゅうあり侍《はべ》り」

「さても宮。主上の御心は知り申さねど、我は兵部の君の歌にぞ心惹かれて詣でつる」

——せやから、混ぜ返すんやない！

兵部は命運が風前の灯火であるというのに、京極殿の冗談はちっとも面白くない。

だがありがたいことに人の心にも聡い女一宮は、京極殿の仄めかしには乗らなかった。

「筒井筒《つついづつ》の乳姉妹《めのとご》をば案ずる心を恋と紛《まご》うて知り給えぬようでは、政《まつりごと》をば如何にし給うべきや。世の中を知り給うべき右の大臣が、戯《たわぶ》れ言《ごと》をなのたまいそ」

「さても、宮の御所にては戯れ難《にく》くもあるかな」

女一宮は呆れたように首を振る。帝が身動きされかけたようだったが、女一宮の言葉のほうが早かった。

「主上の御太刀の御鞘に在すがるうちに、疾《と》く罷《まか》り給え。明日よりは、みずからが女房に逢坂《おうさか》の関は許し申し侍らじ」

「さらば、罷《まか》で申し候《そうろう》」

退出の命を女一宮から得た京極殿は、優雅な所作で立ち上がり局を下がる。出入り口には帝のほうが近く、必然的に帝の横を通る形になった。すれ違うその時に、京極殿は一瞬立ち止まった。

「御太刀は、壺切《つぼきり》にはあらせられぬな」

「朕が手に壺切なき故は、汝こそよく知りてあるべきに」

「然《さ》に候。よしや主上が東宮と聞こえ給いし時より壺切を持たせ給いましかば、我が首も安らかならましに」

「女一宮の顔をば見つる男は、壺切にても斬って捨ててくれようぞ」

「あな、恐ろし、畏るべし」

歌うような節と共に、京極殿は廊を渡っていった。

◇

局に残った三人の間には、緊張感が残る。兵部は自分の部屋がこうまで安らげない場所になるとは思ったこともなかった。

「――さて」

帝がこちらに向き直られたのを几帳越しに感じ取り、兵部はいよいよ諦めの境地に達する。

——辞世の句くらいは詠ませてもらえるやろか。

ここではないどこか遠くに意識を半分飛ばしつつ、兵部は沈黙を続けた。

「父上と呼べと言うておるに」

拗ねたような声を兵部が理解するまで数瞬ほど。その間に女一宮が苦笑を返す。

「右府の御前にては、なかなかに」

「師実め」

吐き捨ててから、帝は几帳の前まで歩み寄っておいでになった。だが腰は下ろさず、影がこちらを見下ろす。

「聡子。そこなる女房は」

「な責めさせ給いそ。兵部は余人をもって代え難き、みずからの友にあり侍《はべ》り」

帝は大きく息を吐いたようだった。溺愛する長子の姫に取りなされては、怒りを貫くのも難しくあられるようだった。ということはとりもなおさず、取りなしが必要なほどのお怒りを買ってしまったということだ。やはり気が遠くなった。

「聡子、されども」

「もとは、無下なることを宣《のたま》わせ給いけるは父上にあらせ給い候《さぶらう》。右府がいかに主上の御気に召しまさねど、その通い給いてある女君に何の罪かある。まして腹の赤子にはいかなる責めを負わすべきにもあり侍らず。そを哀れとも思わぬ情けなき女をば、みずからに侍《さぶら》わせさせ給うは御本意《ほい》にもあらせらるまじ。かくなるを捨て置けぬ女なればこそ、みずからが友とも慕いけれ。兵部をぞ誅《ちゅう》すべきと思し召さば、みずからとても父上に背きたてまつらん。同じく、兵部にありては筒井筒の乳姉妹《めのとご》を思えばこそ」

妊婦を赤子もろとも呪い殺されるに任せよ、というのが酷い台詞だということは、帝も理解しておいでのようだった。少なくとも愛娘にそう批難されては反論し難いようで、帝は几帳の向こうで小さく呻かれた。

兵部は内心驚いていた。女一宮がこうまで必死に庇い立てしてくれるとは思わなかった。兵部の主人は情け深い性質だが、それ以上に分をよく弁え、父帝の意に反することはしないものだと思っていた。

「……聡子。ふつと動くな」

天子の一声――綸言《りんげん》の一瞬後、薄絹がばさりと切られて落ちた。

「父上！」

帝が刀を振るい、几帳の帷《かたびら》を斬り落としたことは嫌でも悟った。黄櫨染《こうろぜん》――帝のみが着用できる禁色――の御袍《ごほう》に身を包んだ男性の姿が目に入ってきたからだ。

帝は雅というよりは武人然とした、益荒男《ますらお》と称されるべき姿形でおいでだった。だが顔立ちはよくわからなかった。夜の灯台の光が心許なかったのに加え、薄絹が斬り落とされた一瞬後には、女一宮が兵部の顔を隠すように兵部を胸に抱きしめたからだ。

「聡子、友なる女房に告げよ。許しは此度《こたび》のみ、今よりは師実にもその所縁《ゆかり》の者にも拘《かかづら》うを許さじとな」

目の前にいるのに帝が女一宮に伝言を命じたわけは、兵部の身分のためで不自然ではない。女一宮はほっと息を吐き、兵部を胸に抱く腕の力が緩んだ。だが兵部は帝のお言葉を聞いて、安堵より不安が勝った。

――そんなら、雛子《ひなこ》はどうなりますのや。

兵部は半ば無意識に女一宮の胸を軽く押して顔を上げ、帝を見上げていた。揺らめく灯りの光の中で、帝が訝し気にこちらを見下ろしてくる。刻一刻と不快げな皺を深くしていく玉顔を、兵部は呆然と見つめ返した。

優美で美しい京極殿とは対照的に、髭を生やした男性らしいお顔立ち。いかにも頼り甲斐のありそうな、君主に相応しい容貌。

――それが、たかだか中級貴族の娘一人も。

「兵部」

女一宮の声が掛かり、兵部ははっとして頭を下げる。謝意を表すべく、頭を床に擦りつけた。だが、自らの陰で視界に闇が広がると、不安は増した。

――基子君《もとこぎみ》！

今も昔も、中納言が兵部を呼ぶ時、そこには一点の曇りもない敬愛だけがあった。兵部はそれに相応しい身ではないのに。相応しくなければ、彼女の思いはどこへ行けばいいのだろう。

帝が踵《きびす》を返される衣擦れの音がする。

「聡子、来《こ》よ」

「諾《を》」

女一宮は去り際に兵部に「さらば行く、明朝《あした》は寝《ぬ》るもよし、よく休み候《さぶら》え」と声をかけて行った。

足音が遠ざかり、兵部はゆるゆると身を起こす。局は荒れ、蔀戸から夜空が見えた。朔《さく》の夜だった。空には月はなく、ただ昏かった。

十六　かものくらべうま【賀茂の競べ馬】

翌朝、女一宮の言葉に甘えて兵部は惰眠を貪り、日が高くなってから起き出した。遅い朝食を摂っていると、次弟の訪問があった。

「かくなる刻に朝餉《あさげ》とはよろしき御身分かな、姉上」

口の中の米を咀嚼して飲み下すと、箸も置かず兵部は行尊に向き直った。

「昨夜《よべ》はいかがしたんや」

「兄上の宿を借りまして」

季宗《すえむね》の部屋に泊まったと聞いて、まあそうだろうと思う。無難なところだ。

几帳も立てず目の前で食事を続ける姉に、行尊は居心地が悪そうだった。几帳は帷《かたびら》がばっさりと切られ、床に薄絹が散乱している。弟とはいえ男の前で貴族の姫が顔を晒すのも異常なら、兵部の局の有様がまず異常事態である。事が起こる前にさっさと逃げ出した身では、どうしたと尋ねることさえ気まずいだろう。

「……姉上が悪《わろ》かりし。拙僧は右府に文を遣るのも止め申せり」

「そやな」

あっさりと肯定すると、行尊はなぜか泣きそうな表情になった。昼の日光の下で直に見ると、兵部の知る幼児の頃より随分大きくなった。だがまだ十四歳、幼い頃の面影も色濃く残り、昨夜見た帝の雄々しい面構えと比べるとまだまだ子供に見えた。

「案ずるな、責めはまろ一人にあり。もろともに浄土の道行きをとは戯《たわぶ》れ言、まこと弟を道連れにとかは思わん」

そう言っても弟の表情はますます歪む。

「その、姉上……畏まりて」

「大事なし。汝が帝の逆鱗に触れず良きかな」

それは兵部の本心だったが、行尊はいっそう身を縮こまらせてしまった。

朝餉の味がしない。所作はあくまで優雅に、しかし早々と食事を口に運び兵部は食器《かわらけ》を空にした。何を食べたかもう思い出せなかった。

下働きの召使いを呼びつけて、空になった膳を下げさせる。その間、兵部も行尊も無言だった。その沈黙に耐えかねてか、行尊は意を決したように口を開いた。

「……姉上！　拙僧が、公円法師の頼みを受けしは」

兵部は弟を見る。扇で顔を隠すのも今更という気がして、隔てる物もない状態で真っ直ぐに弟を見据えた。一瞬気圧されたようにした行尊は、それでも声を振り絞る。

「拙僧らには今や父君もなく、公円法師の哀しみは他人事にえ思わざればこそ。家を出たる身なれど、さなる身なればこそ、山奥にありて修行せし折などは恋しく偲ばれて……」

されど、と押しつぶした声とともに涙が零れた。行尊は俗世にあれば元服もするかしないかの年頃である。二年前はまるきり子供だった。まだ二年しか経っていないのだ。

「父君亡き今、兄弟《はらから》までも遠くあれとはつゆとも思わんのや……」

――何とまあ。

疎遠だった姉を、行尊は結構慕っているらしい。兵部が怒っていると思って落ち込んでいる。季宗と違ってしっかりした気質だと思っていたが、なかなかどうして可愛らしいところがある。家のことを思えばしゃんとしていてもらわねば困るのだが――

「知っとる。何も怒りてあるんやなし、泣くな」

兵部が笑いかけてみせると、行尊は目を見開いて瞬きを繰り返した後、破顔した。まったく、そうやって屈託なく笑うと本当に子供っぽい。

実際弟に無茶をさせたのは兵部のほうなので、行尊に対して多少すまなく思いこそすれ怒りなど微塵も抱いていなかった。昨夜の衝撃のために気は晴れやかではなかったが、弟のせいだとは思っていない。だがどうも、行尊は原因はどうあれ姉が機嫌を損ねているというだけで怖いらしい。宥めるために兵部は話題を探した。内容はどうでもいいが、とにかく少し言葉を交わしてやる必要がありそうだ。

「公円法師の父君は如何にありしや？」

「死期《しご》既に近からん」

そもそも行尊が東の間山を下りて都に顔を出した経緯の行方を尋ねれば、行尊は今度は表情を曇らせた。次弟は既に公円法師に遣いをやり、病状の重篤なことを知らせたという。

「口惜しきことやな。父君が身罷る前に公円法師の会うこともがな」

「それが……」

行尊はなおも複雑な表情をしている。子供が親の死に目に会えればそれに越したことはなかろうに、弟の反応に兵部は首を傾げた。

「何や？」

「公円法師の父君は……思い煩うことの多かりけるようにて。せめて安らかに隠れ給えと思うも、いとど見苦しき有様にて……我が友がさようなる父君を見たしと思うかは……」

人が死に際して取り乱すのは普通のことだ。それでも行尊がこのように言うからには、度を越して本当に人が違ってしまったように醜悪だったのだろう。兵部は手を振る。

「天に任せよ。公円法師が会うことを得ばそれが天命、得なくばさこそが定めや。汝の案ずることにはあらず」

「……そうやな」

行尊はまたも笑顔になった。子供はすぐ落ち込むが這い上がるのも早い。――二十二にもなると、そうはいかない。

「次郎、いつまでか都におる？」

「せめて夏の間は。秋にはさすがに修行に戻らねば」

兵部は数日あればと思っていたので、一夏は十分すぎた。

「明日にも、一時の暇を申し入れんとぞ思うとる。母上の有様も気にかかるによってな。季宗も交えてもろともに夕餉などいかがや？」

「是非にも！」

次弟の笑顔を見ながら、源氏物語の御法《みのり》の帖の紫の上もこんな心持ちだったのかと、兵部は思った。笑顔を作って立ち上がる。

「さらば、まろは女一宮に侍る身によって、御座《おまし》に参る。また季宗にでも言付けん、後に」

行尊は晴れ晴れとした顔で頷き、退出していった。

しばしの暇を請えば、女一宮はあっさりと頷いた。

「よろし。今年は五日節会《いつかのせちえ》もなからんゆえ、母君、弟君らと過ごし侍《はべ》れ」

「忝《かたじけな》し」

◇

五日節会とは端午の節句を祝う公式行事である。帝が観覧されるのが慣わしの騎射《きしゃ》の儀式などもあり、毎年内裏にて開催されるはずのものであった。しかし当今《とうぎん》の帝はまだ即位の儀も経ておらず、先帝の喪も明けず、加えて内裏は焼失中で閑院を仮御所としている状況であるから、誰から言い出したわけでもなく当然に中止と決まった。

都の貴族は宮中にての行事が取りやめとなった以上、端午の節句には自宅に菖蒲の花を飾り、粽《ちまき》などを食して密やかに祝うことになるだろう。

今日はさすがに女一宮の賀茂詣でも休みらしい。兵部が話題を振ったわけではなかったが、女一宮のほうから賀茂川の話を始めた。

「帝の御力によりて賀茂の荒るるは抑うるを得たるも、そも何故水の鎮まらぬや」

それは兵部への問いかけでなく、思考を整理するための自問自答のようだった。

「主上《おかみ》はまこと天子の器におわします。御身健《すく》よかにあらせられければ、たとい斎《いつき》の宮の病みておわせしも水はかくまでには……」

賀茂斎院の務めは神に奉仕しその御霊を鎮めることによって、賀茂川の治水をはじめとする王城鎮守に貢献することである。今の斎院は体調が思わしくなくその務めを十分に果たせないようだが、そもそも賀茂川の水神が荒ぶることがなければ斎院の魂鎮めは必要ない。神が荒れるのは様々の理由があり、天子がその器でないことや不調のあまり政《まつりごと》が滞ることは天災を呼び起こすが、当今の帝はまさに人の上に立つ者の覇気に溢れた王者の風格、御年三十五の壮年で体調もすこぶるよろしいご様子であった。昨夜の益荒男《ますらお》ぶりからも知れる。

実際、新帝の即位からこちら他の天災は聞かない。梅雨と台風の季節であるが、ここ十数日は雨もしとしとと小雨程度である。賀茂川の他に水害はなく、地震も起きていない。病の流行も聞かない。

雨量に比べて、賀茂川だけがおかしいのである。いつ見ても濁流が勢いよく流れ、真新しい堤を割るなどする。氾濫というほどのことは新帝が即位してからはまだないが、水位が下がらない。水の流れの勢いを下々の者などが興味本位で覗き込むと、それを狙いすましたかのように一瞬だけ大波が立って人を攫う。新帝の践祚から十数日しか経っていないのに、既に数人が賀茂川に飲まれて死んだという。

何やら、為政者の徳とか、賀茂斎院の不調とか、そういった一般的な事情には還元しきれない原因があるらしい。そこを突き止めて対処せねばいつまでも今のままだと、女一宮は憂い顔だった。兵部はいたたまれなくなる。

——賀茂の人食い川を前にして、帝や女一宮が雛子のことまでお手が回るはずもない。

まして政は賀茂川の治水のみではない。そのお忙しい御身に昨夜の物騒ぎは、返すも申し訳ないことだった。兵部が呼んだわけではないのだが、それでも。

——それでも、そやからこそ。

ふぅ、と息を吐いた女一宮は、思考を一時中断して現実に戻ることにしたようだった。

「他の女房らにも暇を許すのがよかろうかな。宮中で節会が見られぬとなりては、せめて里居《さとい》にて祝うがかなわねば哀れや」

下々の家来にも細やかな気遣いを見せる主人である。思えば出仕を始めた頃から、この気質はちっとも変わらない。今や今上帝の一の宮となっても、驕り高ぶることもない。

「……宮は、節会に何ぞの祝い事を？」

「みずからは帝の子なれば、さすがに。五日節会を止むべしとなりぬるに、仮御所のこの閑院にてはなかなか。閑院にありては節句も寂し、心置きなく母君を訪《とぶら》い侍《はべ》れ」

それで何の衒《てら》いもなく領けるほど面の皮が厚くはない。昨夜の騒ぎがあればなおのことである。女一宮は苦笑を深くした。

「父上も口惜しがらせ給わん、昔より節会の観騎射式をば好ませ給うてあられる由に。さらば御近くに侍《はべ》り申すは難《かた》からん」

五日節会には帝の御前で競馬が行われるのが慣わしだった。武人然とした帝は、流鏑馬もお好みらしい。それが沙汰止みとなってはご機嫌は良くはないだろう。女一宮に言われるまでもなく、お傍に控える勇気はなかった。

休暇の打ち合わせなどして女一宮と話し込んでいると、しばらくして格下の女房から声が掛かった。

「兵部の君、御局に戻り給えと」

自室に戻れと誰ぞからの伝言を伝えられて、兵部は訝しむ。兵部の主人は眼前の女一宮であり、彼女をすっ飛ばして直接に命令する者はいないはずなのである。

「よろし、行きませ」

だが女一宮にそう言われては退出しないわけにもいかない。兵部は一礼して女一宮の局を下がった。

◇

廊を歩いていくと、自室の前に三人の男の姿を認めた。咄嗟に扇で顔を隠す。

「ああ、姉上」

そう声を上げたのは長弟、季宗であった。彼は行尊と二人掛かりで几帳を抱え、局に運び入れていた。

二人の傍で指示を出していた公達が振り返る。見覚えがあった。名前を思い出せないでいるうちに、先に向こうから声が掛かる。

「これは、兵部の君」

「……江《ごう》の君」

やっと思い出して呼び返す。かつての東宮学士、大江匡房《おおえのまさふさ》であった。東宮が帝に践祚されたのに従い自動的に江の君の職務も停止となったはずであるから、今の職はさしずめ蔵人であろうか。帝の側近を務める役職は蔵人であるから、東宮時代から帝と個人的にも親しい腹心である江の君が叙任されないことはないだろう。江の君は身位は従五位下には叙せられているはずだから、五位蔵人と呼ぶべきか。

「この度は、まことに心苦しく」

「はぁ……」

うかつに応えられずに兵部は視線をさまよわせる。自室の惨状は綺麗に片付いており、古い几帳と斬り落とされた帷の薄絹は外に運び出されていた。

貴族の姫の部屋にいつまでも几帳がないではいられないし、女一宮が手配してくれたのだろう。そう思って江の君に頭を下げる。

「忝《かたじけな》く候《さぶらう》。この几帳はいずれより？」

「帝の御寝所より。兵部の君へぞ賜れとの仰せにて」

「――は？」

兵部は扇の後ろで口と目を大きく開けた。その表情が見えたはずはなかろうが察するに余りあったようで、江の君は苦笑する。

「帝の御寝所には御簾《みす》も御帳《みちょうだい》台もおわします。人の顔が見えぬは煩わしと仰せられて御几帳の余りたれば、慎ましく思われるな」

「晴れがましきこととなり、姉上」

事情を知らない季宗は呑気にそう言う。少しは情を知る行尊は複雑そうな表情だったが、それでもどこかほっとしているようだった。

兵部は一人不安になる。もったいなくも御物《ぎょぶつ》を下賜されるほどの奉公をした覚えはない。お怒りを買った覚えならはっきりとある。帝のお考えがわからなかった。

「さて兵部の君、こは帝が？　昨夜は何ぞ候《そうろ》いたるや」

江の君も詳しいことは知らないようだった。兵部は迷ったが、自分一人で抱えていても混乱するだけだと思い、白状することにした。実は、と声を潜めて弟らには聞かせないようにする。季宗はともかく行尊に聞かれては、今朝のあの調子ではまた泣きかねない。

「――右府が退出し給いたる後に？　兵部の君が後ろに控えたる几帳に御太刀を？」

ひく、と江の君の顔は引き攣った。

「やや、あの沛艾《はいがい》の帝が！」

兵部はまたも瞬く。沛艾とは暴れ馬の意である。当然ながら、一天万乗の帝を形容するのに使用していい語ではない。江の君は帝と親交厚いとは聞いていたが、これほどとは。

弟達も江の君の悪態に振り返る。江の君は咳払いを一つして、兵部に軽く会釈した。

「さても畏まりまして。帝は、それ、御気性のひとかたならず激しくあらせ給えば……」

「否、責めはまろにこそ」

「否々、しかと諫め参らせせん。御自ら恥じられ給うことのあらせ給えばこそ、我にも几帳を宣《のたま》いつくらせ給いけん。されどかくのみにて足るものかは。――ああ、あの荒馬がぁ！」

暴言を残して、江の君は今にも駆けていきそうだった。だが廊に足を掛けた時に、ふと何かを思い出したようで立ち止まって振り返った。

「——山桜いつを盛りとなくしてもあらしに身をもまかせつるかな」

「え？」

江の君が詠んだ歌は見事であったが、脈絡もなく、第一季節外れであった。五月に入り暦は夏なのに、春の桜の歌はいかにも似つかわしくない。

「折りふせて後さえ匂う山桜あわれ知れらん人に見せばや」

江の君の歌は続く。やはり良い出来の歌だが季節にそぐわない。学識で知られる江の君にしてはあまりに頓珍漢な言動に兵部は困惑する。視界の端で行尊が身動きした。

「もろともにあわれと思え山桜花よりほかに知る人もなし」

「……江の君？」

三首を諳んじて、江の君は兵部に微笑みかける。

「これらの歌に覚えはあり候《そうろ》わぬか、兵部の君？」

「いさ……」

聞き覚えはある気がする。だがどこで知ったか咄嗟には思い出せなかった。高名な歌集に載っている歌ならばさすがに教養として覚えているはずなので、古典ではなく流行り歌か何かであるはずだ。

「拙僧が今年の春に贈りましたる歌に候《そうろう》」

行尊が声を上げた。江の君は振り向き、成程といった風に頷く。兵部は記憶を辿った。

「……さようなりしか？」

「姉上ぇ！　扇に書きつけて贈りたり！」

扇、と言われてやっと思い出す。そういえば今年の初めからしばらくは、弟が歌を書きつけた扇を使用していた気がする。しかし書きつけられた歌の一言一句までは覚えていなかった。あの扇はどこにやっただろう。普通ならば季節の変わり目と共に仕舞い込んだのだろうが、どうも片付けたという記憶がなかった。

「ふむ、さればこそ、さればこそ」

江の君は何やら愉快そうに笑う。だが一瞬後には表情を引き締めて、兵部に向かって居住まいを正した。

「さらば兵部の君、我はかの沛艾をば返す返す諫め置きたてまつりて参らん」

三度目の罵詈雑言と共に、江の君は今度こそ辞去した。

残された兵部ら姉弟はしばし呆然としていたが、はたと我に返って局に腰を下ろす。帝より賜った几帳は以前のものより数倍は豪奢であった。着物より上質であろうと思われる几帳を挟んで姉弟で向かい合うと、その薄絹の優美さが過ぎてどうにも滑稽であった。

「さて、端午の節句やが」

「えい」

「しかり」

無言のうちに色々と気にしないことを姉弟で合意し、端午にかこつけて久々に家族で集まる旨を粛々と打ち合わせ、その日は解散した。

◇

そして数日後、兵部らは実家に集った。

兵部と季宗、行尊に加え、まだ四つの末弟三郎、そして母という顔ぶれである。伯母も住む邸宅ではあるが、邸をあげての宴会ではなく母の部屋で粽をつまみつつ小ぢんまりと談笑するだけにした。あまり大っぴらに行うと準備の時間が足りない。というのは建前で、実のところそれほどの経済的余裕がないのであった。兵部や季宗の宮仕えの禄は一家を養うにはとても足りず、実家は父や祖父母の財産を食いつぶしながら生活している。

座の主役は、そんな情けない懐事情などまだ知らない幼い末弟だった。

「あっぱれ、大きゅうなりしや」

特に都を出ていた行尊は二年ぶりの弟に破顔している。三郎は二年前まだ歩きもしなかった。季宗も笑顔で手を伸ばすが、人見知りをする末弟は母の袖に隠れてしまった。

「しばしば帰り来ぬゆえにこの有様や。行尊は致し方なしとても、基子、季宗、いま少しは顔を見せに来よ」

せっかく帰ってきたのに母からは小言である。やれやれ、と思っていると母の袖からとてとてと小さな弟が兵部のもとへ歩いてきた。

「あにぇ、う。あねー、え」

姉上、と言いたいらしい。子供は可愛らしいだけですべてが許されるから得な生き物である。兵部は髪削ぎした頭を撫でた。

「何ぞ、三郎？」

「みかど、は、いかなう、おんかた？」

帝は如何なる御方。尋ねられて兵部は一瞬硬直した。母が口を挟む。

「この子も世の道理を少しはわかるようになりて。この世に一に尊くおわしますは帝なりと教えければ、この頃は帝、帝とそればかり」

幼子の無邪気な興味はなぜか今皇尊《すめらみこと》に向いているらしい。兵部は膝に三郎を抱いた。

「そやなぁ……」

直に言葉を交わしたこともない、この世で最も尊い御方を兵部は思い起こす。

「……益荒男におわしますかな」

「ましゅらお?」

「さよう。厳めしゅうて勇ましゅうて、御自ら御太刀も振るわせ給い、馬も好ませ給いてありとかや」

「うま」

「しかり。今年は五日節会の沙汰なくて、流鏑馬《やぶさめ》をば御覧ぜられさせ給わぬゆえに、口惜しく思し召し給うと聞く」

「むまー」

末弟の興味は馬に移ったようで、部屋の隅から古ぼけた馬の人形を取り出して遊び始めた。懐かしい、弟達のお下がりだ。それを微笑ましく見ながら、上の弟二人は粽を口に運びつつ器用に言葉を交わす。

「五日節会は今年もなしか」

「去年《こぞ》はありしが、その前も」

「内裏のかくまでによう焼ければなぁ。里内裏にては流鏑馬の馬場までもありとは限らず」

「ことならば、競べ馬のみにても所を移せぬものかは。たとえば賀茂などに」

「斎院の御社の境内は、確かに馬も走り易からん」

「――これ、弟ども」

与太話に興じる弟達に、兵部は割って入った。

「何や、姉上？」

「何や、やない。まろの粽はいずこや」

二十歳と十四歳の胃袋を前に、高坏《たかつき》に盛られた粽は一つも残っていなかった。長弟と次弟は顔を見合わせる。

「こは如何《いか》に」

「不思議なり」

「ようわかったり、そこへ直りや！」

兵部が叫ぶと上の弟達は飛び上がって逃げ出した。きゃらきゃらと三郎が面白がって笑う。母の怒声を聞き流しつつ狭い部屋で追い回しを繰り広げているうちに、端午の夜は更けていった。

◇

翌朝には、兵部らは早々に閑院に戻った。兵部と季宗は宮仕えの身である。行尊はいましばらく実家に逗留してもよかろうと思ったが、なぜかついてきたので季宗に面倒を見るように命じて兵部は東の対へ帰った。

女一宮のもとに参内すると、「暇《いとま》は楽しみたるか」と尋ねられる。それはもう、とばかりに昨夜の様子を話して聞かせると、女一宮は珍しく大笑いした。

「睦まじくあるはよろし、よろし」

女一宮の弟妹はさすがに皇族なので、皆行儀がいい。そしてやはりそれなりの格式というものから、姉弟、姉妹といえどもあまり密な交流はない。いい歳をして粽で追いかけっこなど夢にも思わないだろう。少々気恥ずかしかったが、真面目な主人が笑えるならいいことだと思って兵部は詳しく恥を晒した。

「されど、弟君の申せしは道理なり。内裏はとかく騒がしゅう候《さぶらう》ゆえに、競べ馬のみを賀茂にてとな」

「さて、賀茂の氏神《うじがみ》が流鏑馬を好み給うかは知らず。賀茂の御祖《みおや》が末《すえ》裔の行いを良しとされねば、節会も何も」

弟を褒められては臆面もなく肯定はしづらく、兵部はそのような物言いをしてみせた。深く考えてのことではない。だがたちまち女一宮は表情と身を硬くした。

「……宮？」

「兵部。今、何と申せり？」

「は。賀茂の氏神が馬を好みてあるかは――」

「それや。賀茂の御祖が末裔の……！　さなり、それや。功《いさお》ぞ、兵部！」

突然にお褒めの言葉を貰っても何のことだかわからない。女一宮は「墨を。主上に奏したてまつらねば」と、父帝への文を書くべく紙と筆の用意を兵部に言いつけた。

十七　なまふがふ【生不合】

この時代の男ともなれば、実子との距離は遠い。

ただでさえ妻問婚の一夫多妻の世で、子は父とは離れて暮らすことも珍しくない。ましで脇腹の子では、たまに顔を合わせられれば御の字である。兵部は正妻腹であったので生前の父は半ば母宅に居ついていたが、それでも不在の時期はあった。

子が父と同居するのは、母が亡くなった場合などにまま見られる、という程度の事態だった。不自然ではないが世の大多数ではない。女一宮もはじめは弟妹らと一緒に母君滋野井御息所《しげのいのみやすどころ》の邸である滋野井第で養育され、御息所が亡くなって当時東宮であった帝が是非にと言って閑院に引き取った。しかし居住する棟は厳密に分けられた。一家の主と寝食を共にするのは正妻にのみ許された特権であり、帝は基本的に寝殿で斎院女御と共にあられる。女一宮は別棟の東の対を賜ってその主として君臨していた。滋野井第は元服した貞仁《さだひと》王の居所と定められ、女二宮と女三宮もそこに残ったため、弟宮、中の妹宮らとは別居である。西の対には帝の母后、太皇太后禎子《さだこ》内親王が住まわれ、子が巣立って寂しさを持て余す母后の慰めに帝は末子の女四宮を同居させて養育を任せていた。

一家の主の対の屋への渡りは多いとは限らない。実際、帝は太皇太后のもとへはあまり頻繁に通わず、たまに苦言を呈されてやっと重い腰を上げてご機嫌伺いに渡る、という御有様だという。その一方で、女一宮の対にお渡りになることは多い。唯一の男児である御子の宮貞仁《さだひと》王とはずっと別居を貫かれているのと比べれば、そのご鍾愛の程も知れようというものだ。世間の常識からすれば帝と女一宮は並外れて行き来の多い父娘だということになる。帝が寝殿に女一宮を呼びつけることも多い。

そうまでのご鍾愛ぶりであるから、やれ先帝の殯《もがり》に即位の準備に荘園整理にと政《まつりごと》に忙しくあられるはずの帝は、女一宮が御目通りを請えばすぐにもやってきた。仮初《かりそめ》に返事は女官に言付けたが、先触れから御渡りまでしばしの時間を置くのが通常であるのに、もう遣いの掌侍《ないしのじょう》の後ろに立たれているという。

「さらば、まろは」

「よろし、居よ」

兵部の退出の申し出はあっさりと却下された。しかし口を利くことさえ許されない至尊の御方のお出でになる場に同席したいとはつゆほども思えない。その御方の逆鱗に触れ御太刀の一閃《いっせん》を振るわれて数日しか経っていない時には余計に。

「されど、まろは直答も許されぬ身にありますゆえ」

った。

「みずからが言伝《ことづて》し申す。几帳の喜びを奏すべきにはあらじや?」

そう言われては留まるしかなく、兵部は冷や汗を掻きながら女一宮の御簾の中に入
帝のお出ましに、兵部は自らを石と念じた。実際帝は傍に控える女房など路傍の石程度に思ったたか、無視を貫いた。尊き御身には五位より下の位は見えも聞こえもしない、という建前があり、それは通常であれば厳然と貫かれるべきものなのである。

「——賀茂氏《うじ》と?」

「さように存じます。賀茂川の水神は賀茂氏の御祖、その末裔の行いの怪《け》しからぬをば怒り給いて、水も殊更に荒るるものかと」

「賀茂氏は代々陰陽師。神の御業の通《つう》を持ちてある身やな」

帝の声は苦々しかった。

「賀茂の者共は陰陽寮の官人ぞ。臣の身で朕の都に荒ぶるか」

「藤原御堂《みどう》鷹司の殿らも、帝の臣にぞ侍《はべ》ります」

「政にありては藤、神事にありては鴨か!」

忌々し気に吐き捨てられたが、帝の切り替えはお早かった。

「賀茂の誰かは知るや?」

「否、畏まりまして」

「宜《よろ》し。ふむ」

帝はほんの少し考え込むように、顎髭を撫でられた。少々の間を置いてお考えがまとまったらしく、女一宮にてきぱきと指示を出す。

「――帝は日本《ひのもと》を遍《あまね》く知ろしめすに、王城鎮守は東宮が定め。聡子、滋野井に遣いを遣れ。貞仁の営み初めや」

「御子《みこ》の宮に？　さまでは頼まじ。朕のごとくに壺切を要ぜずと押し張るはあれには過ぐ」

「さまでは頼まじ。壺切もなくては、御子の宮が打ち払うは難からんと存じます」

「主上《おかみ》が東宮と聞こえさせ給いつる時は、都は荒れ果て申せり」

「御堂鷹司の者どもの無礼《むらい》ゆえなり。朕の責めに非ず」

御堂とは故藤原道長卿、鷹司とはその正妻腹の嫡子ら、すなわち宇治殿と大二条殿らを指す。

賀茂川が奇妙に人を食う所以は賀茂氏の誰ぞに悪行あり、と神通力が働いたらしい女一宮の意見を容れ、帝は一人息子の貞仁王に調査を命じることにしたらしいとは傍で聞いていればわかった。

何となく、それを見て思う。兵部は源氏に生まれたのを不運だとずっと思っていたが、あるいは必然であったのかもしれない。皇族が、とりわけ皇女《ひめみこ》が、多かれ少なかれ神通力を持って生まれてくることの多いのは周知の事実である。さればこそ斎王は皇族女子から選ばれる。兵部の祖父はかつての東宮小《こ》一条《いちじょう》院、しかしその神に通ずる力は二代の間に失せたらしく、人の身こそが兵部には相応しいのかもしれなかった。

――所詮、俗世に生きるより他にない身か。さればこそ、世を捨てられんのやけどなぁ。

内心で物思いにふけっている間に主君らの話は一区切りついたらしく、帝は局をお出になるような仕草を見せた。そこを女一宮が呼び止める。

「父上、御《み》几帳のことで、兵部より喜びを」

名前を呼ばれてはたと我に返り、兵部は平伏した。帝は「ああ……」と嘆息される。

「面を上げさせよ」

帝は女一宮にそう命じ、女一宮はそれを受けて兵部を促し、兵部は垂れた頭を上げた。身分が違いすぎるとやり取りは迂遠なものである。だが今の兵部はその迂遠さも物足りない心持ちだった。

帝と目が合う。御簾越しなのに、どうしてこうまで眼光が鋭くいらっしゃるのか。射貫かれたように身動きができない。帝はしばらく兵部を見下ろしていたが、やがてすいと視線を女一宮に戻した。

「壺切の沙汰はそこなる女房も知りておろう。あれが朕か御子の宮の手に戻らぬうちは、頼通、師実などとゆめ交じらうな。聡子、よく諫め置け」

女一宮は微苦笑しつつ首肯し、帝は今度こそ退出された。

◇

兵部の気疲れを思いやって、女一宮は今日はこれ以上の出仕を免じた。そのため、兵部はまたも早々に自らの局に戻った。兵部の局には不釣り合いな豪奢な几帳の奥に座って、色々と考えを巡らす。昨夜実家を訪れた際に、こっそりと持ち帰った物があった。

兵部はぼろぼろの雛人形を手に取る。実家には、こんなもので遊ぶ女の子はいない。兵部自身が最後の女子だった。十年以上前に遊んだ雛人形はそれから手入れの一つもされていないと見えて、虫に食われ、黴なども生えていた。

使う者とてない女児の玩具はもちろん、三郎の遊び道具にも不自由しているようであった。昨夜末弟が取り出して遊んでいた馬の人形はもとは季宗《すえむね》が遊んでいた。新しい人形を買ってやる余裕もないらしい。

兵部らは零落の身なのである。それを認めないわけにはいかなかった。端午の節句を大々的に祝う余裕もないほどに。行尊が実家に逗留せず閑院についてきた理由もそれだろう。もう一泊して負担をかけるのも憚られる有様である。

「拙僧が何ぞ？」

兵部の内心は声に出ていたらしい。局の外から声が掛かった。姫宮の住まいだというのに、弟は男の身で随分とうろちょろするものだ。

行尊を招き入れ、召使いに茶など出させて向き合う。昨日のような軽口の叩き合いも良いが、今は少し真剣な話をしてみたかった。

「――次郎。叶うならましかば世にありて時めかましと思うたりはせんか？」

父の遺言で出家した弟は、俗世を捨てたことに後悔がありはしないか。零落の身で夫の成り手もなく焦る兵部は、自らの思いを弟に重ねることがしばしばあった。

しかし行尊は軽く目を見開いてから、明瞭に否、と答えた。

「否、姉上」

「如何《いか》にや？　自ら望みて髪を下ろしたるにはなかりけるに」

「そうやな、父上の御遺言なかりせばかような身の上にはあらじ」

だが、と次弟は続けた。意外にも性に合っているのだそうな。密教の勉強には知的好奇心を大いに刺激され、貴族の暮らしを捨てて清貧に過ごすことも苦にならない。少年らしく遊び足りないと思う時は、公円法師のような友人の僧と連れ立って脱走して山遊びをしたり、兵部のような高貴の女の身ではとても理解できない楽しみを見つけている。野宿も割と苦にならないらしく、もう少ししたら修験道《しゅげんどう》に本格的に打ち込むつもりでいる。気が向けば今のように抜け出して都の知人を訪ねるという息抜きもできるし、貴族の公達として生きるよりよほど水が合うのだそうな。

「……さようか」

「えい。拙僧は二の君に生まれて良かりけり。拙僧が兄上ならましかば、かような生き様は無からまし」

兵部の頬は緩んだ。次弟のことは、何も心配いらないようだ。どこにあってもすいすいと世の中をうまく泳ぎこなす性質らしい。

――やけど、まろはそうはいかんなあ。

行尊のように、俗世を捨てつつふと思い立った時に家族を訪ねて親交を保ち、かと思えば山に入って夜露に濡れることをも楽しめるような器用さ、柔軟さは兵部にはなかった。世の多くの姫君はそうだろう。そして、兵部よりもっと世渡りの下手な者もいるだろう。生まれついた場所から軽々と飛び立って器用に泳ぎ回る行尊と対極に、生まれた場所が悪くともそこにしがみついて溺れてゆくしかない者が確実に存在する。

行尊は、都によくある出家した貴族の次男坊の中でも変わり種だろう。兵部は少しそこを掘り下げてみたくなった。

「法師とは皆汝のようにぞ思いたるか？　その、たとえば公円法師とやらは」

「応とも否とも。公円は出家の身に不足なしと思えど、父君が」

公円法師の父君は、息子が出家したことを残念がっているようだった。貴族の次男坊の出家は、親が食い扶持を減らすために息子に命じることがほとんどだ。しかし俗世に残ったところでどうせ嗣子の長兄やその世継ぎの甥の後塵を拝することは確定しているとなれば、それを嫌がって自ら髪を下ろす例もなくはない。公円法師の出家がどのような経緯によるものかは知らない。だが本人は今の状況に納得してはいても父君は心残りが多いようで、寺には公円が不自由しないようにと実家から何くれとなく贈り物が届くのだそうだ。

「公円法師には兄君がおるのやな？　兄君との仲はいかがや」

「なかなか、拙僧と兄上のようではなきかな」

当たり前だが、粽を仲良く飲み下し、二人揃って姉に叱られるほどの仲ではないようだった。公円は今は出家の身に不満はないとはいえ、色々と楽しみの多い俗世を謳歌している兄を見ればやはり色々と考えてしまうところはあるらしい。兄のほうもそれを察して、深く付き合おうとはしない。兄弟の間に波風を立てぬには、一定の距離が必要だという関係のようだった。

「……公円法師の父君は、大二条殿の家司やな」

「えい」

「昔、大二条殿には北の方腹の姫が三人おわしましてな。昔と言うても皆まだこの世にあらるが、一方の宇治殿には姫は脇腹に一人のみぞある。皆先々帝か先帝へ入内参らせ給うたが、その折の騒ぎは」

兵部はそこで言葉を切った。兵部自身、その時代には生まれていないかほんの幼児であったので、見てきたように言うのは憚られたのもある。だが行尊は正しく理解した。

「御堂関白の世嗣《つぎ》の宇治殿には娘一人、弟君の大二条殿には三人。弟君の姫の入内は宇治殿には凄まじく、兄君の後塵を拝するに大二条殿はあいなし」

「さよう。一つ腹の兄と弟にてもかくのごとくあれば、次の代はさらなり。母を違えてもなお」

実際兵部らにも異母の兄弟はいるが、親交はない。異母兄弟は男は皆出家し、女は姉が一人いるが会ったこともない。妻問婚の世では、母方の従兄弟と近しいことはあっても、異母兄弟は他人も同然である。

「叔父と甥の睦まじきは有り難きことかな。大二条殿は京極殿と諍《いさか》い、御堂関白は儀同三司《どうさんし》と争い」

儀同三司とは故藤原伊周《これちか》卿のことである。御堂関白藤原道長卿の甥である彼は、一条帝の寵愛を御堂関白の娘である中宮藤原彰子と争った皇后藤原定子の同母兄であり、皇后定子所生《しょせい》の皇子を帝位に就けるべく御堂関白と対立した。時の流れは御堂関白に軍配を上げ、儀同三司の血筋は男子は地方の受領階級までに落ちぶれた。女系は——儀同三司の長女は、兵部らの曾祖母である。父方祖母のさらに母方祖父が儀同三司だ。つくづく兵部は、嫡流を外れた日蔭の血筋なのである。

「拙僧は、姉上や兄上に御子の生まれまさばよく後見をなしますぞ」

兵部は笑った。出家の身ながら意外にも肉親の情に厚い次弟はそうだろう。とかく世知辛い世の中で、このような弟に恵まれたことは兵部の幸運であるかもしれなかった。世の常は決して行尊のようではない。実際、叔父の栄達と聞けば兵部自身も単純に喜べないものが胸に渦巻く。兵部らの叔父、すなわち父御子宰相の同母弟は敦賢《あつかた》親王といい、いまだ存命であった。同母の兄弟であるのに父は源氏を賜って臣籍降下する一方、叔父は皇族に留まった上に親王宣下まで受けている。長幼の序を無視した境遇の違いのわけは、時の運と言うしかない。父がまだ若かった頃は父よりわずか一歳年長の先帝も当然若く、先帝に皇子が生まれることを誰も疑わなかったため、嫡流を外れた小一条院の正妻腹でもない父が皇族を離れるのは自然の流れだった。だが父と十三歳違いの叔父が元服を迎える頃、父には兵部ら多くの子が生まれてすくすくと育ったのに対し、先帝と妃の間の子は夭逝し、たった一人内裏女房との間に生まれた男の子は生母の身分の低さを理由に庶子扱いされ中流貴族の養子に出されてしまった。その結果今の皇統の嫡流である円融院の御血筋に男皇子《みこ》は少なく、帝位に在った先帝を除けば、東宮すなわち今の帝とその息子の貞仁王のわずかに二人。摂関家が自らの流れを汲まぬ皇子は次から次へと臣に下らせ、時には庶子扱いすらせずに適当な貴族に養子にやったせいで、皇統自体が危うくなるという事態に陥ってしまったのである。そのために、先帝や新帝の再々従兄弟にあたる叔父が親王宣下を受けた。生まれた時期さえもう少し遅ければ親王の位を賜ったのは長兄である父のはずだし、そうなれば兵部も零落した源氏の姫でなく女王と呼ばれたはずだ。

――叔父との対立など、帝はご存知ないやろなぁ。

当今《とうぎん》の帝は皇女腹の尊き生まれで、摂関家を外戚に持たない。つまり藤原氏の叔父もなく、だからこそ容赦ない対立がそこにある。叔父と甥ではそうはいかない。先帝が良い例だ。なまじ血が繋がっているために、激しい憎悪があるにもかかわらず表向きは繕われ、複雑に絡み合った陰鬱な醜悪さを誰もが見て見ぬ振りをする。都では誰もが、宮仕えの女房の身である兵部までもが知るいがみ合いであっても。

――御子《みこ》の宮はどうやろか。

元服を経てまだ独身の、女一宮の弟宮のことがふと思い起こされた。

「……公円法師はその兄君と遠かりて、その父君の主は兄君と争い」

「姉上？」

「主上の父帝は宇治殿の甥におわしましたり。母后も宇治殿の姪におわします。それが……」

血の繋がりに物を言わせて栄えた摂関家の権力の前に、肉親の情など消し飛ぶというのも皮肉な話だった。消し飛ばされてはいけないものが、きっとそこにはあったはずなのに。兵部は雛人形を見る。鞠はどこにいっただろう。さすがに古びて捨てられたか、それとも傷みに傷んでなお三郎の玩具になっているか。

実家の零落は悲しくも情けなくもある。だがそこから抜け出せたとしても、何かが失われる。そのことに初めて思い至った。失われるのは捨てても惜しからぬものか、それとも。

「行尊」

「えい」

「公円法師なりとも誰なりとも、友は大事にせよ」

「言われずとも」

行尊は清貧を良しとする僧侶らしく、質素な作りの僧衣で頷いた。雛人形と僧衣は、帝に下賜された豪奢な御几帳とやはり酷く不釣り合いだった。

十八　るりのにょうご【瑠璃女御】

——さて、どうやって出奔《しゅっぽん》するかやな。

兵部がよからぬ考えを巡らせていると、好機はすぐにもやってきた。

「まろを、瑠璃女御《るりのにょうご》への御遣《みつか》いにと」

「さなり」

女一宮は頷く。賀茂川のあれやこれは御子の宮貞仁《さだひと》王の手に移り、少し落ち着いて過ごしてもいいはずの女一宮は、性分であるのか細々とした付き合いの義理に精を出している。

「帝は瑠璃女御の姫をば褰帳命婦《けんちょうのみょうぶ》にと思し召しとかや。よそながら知らせ給わん」

ふむ、と兵部は考える。褰帳命婦とは即位の大礼の際、帝の玉座である高御座《たかみくら》の帳《とばり》を褰《かか》げ開く役回りの女官である。命婦は左右の帳に一人ずつ必要だが、二人のうち少なくとも一人は皇族女子から選ばれることになっていた。とはいえ内親王では位が高すぎるため、大概は皇孫以下の女王の中から任命される慣わしである。

瑠璃女御は、兵部の祖父である小一条院の妻の一人である。兵部の祖母ではない。

瑠璃女御は数人子を儲け、男子は源氏を賜って臣籍降下したが女子は皇族の身分に留まっている。嫡流から外れた皇族にはよくあることだった。その小一条院と瑠璃女御の娘に、帝の即位の儀の褰帳命婦を務めさせようという意向なのだという。それもごくごく自然な話だ。

正式な任命はもちろん御所から御意が渡るだろうが、いきなりでは先方も驚くだろうし、まずは私的にそれとなく本人に仄めかしておいたほうがいいだろう、というのが女一宮の意向だった。当の帝を差し置いてあまり出しゃばるわけにはいかないからあくまでも内々に、というわけで兵部に白羽の矢が立ったのである。瑠璃女御の姫は、兵部からすれば叔母にあたるからというのが理由であった。叔母とはいえ父の腹違いの妹なので親交はほぼないが、それでも血縁は血縁である。女一宮の人脈で手軽に動かせる中では兵部が最も相応しかったのだろう。

断る理由は何もないので兵部は承諾した。瑠璃女御とは付き合いもないが、元来人見知りなほうではない兵部は人と顔を合わせるのも苦ではない。例外は帝だが——あのような覇気の塊を気安く訪ねられる人間がいたら教えてほしいものだ。江の君などは随分気楽に貶《けな》していたようだが、と思考が逸れていくのを何とか元に戻して、兵部は出立の準備をした。

荷物の妙に多いことを牛飼い童《わらわ》に訝しまれながらも瑠璃女御の邸へ着いて用件を伝えれば、瑠璃女御は破顔した。

◇

「めでたきこと、晴れがましきこと」

小一条院も既に世にない身なれば、女王など世捨て人も同然だ。出仕するには身分が高すぎるし、入内するには後ろ盾がない。誰ぞに降嫁するのも難しい。嫡流を外れた皇孫では摂関家はじめ上流貴族にとっては結婚の実益がないし、中流以下の貴族の妻には生まれが高貴すぎる。華やかな場に出る機会もそうそうないので、褰帳のお役目は願ったり叶ったりというところらしかった。

祖父の寵愛を祖母と競った女性を見ながら、兵部は思いを巡らす。兵部の祖母は右大臣の娘であった。京極殿の前任の右大臣は子女に恵まれ、長女が兵部の祖母、次女が先々帝の女御、三女は今上帝の妃である。もっとも今上帝は正妻である斎院女御を重んじておいでだから、日の当たらぬ妃である。

血筋は女御格の祖母は六年前まで存命だった。生まれに相応しく気の強い女性であったと記憶している。その祖母と渡り合って三人も子を儲けた女性だから、一筋縄ではいかないいかもしれない。今は世捨て人といっても、あまり気を抜いてはいけないと兵部は居住まいを正した。

「瑠璃女御。申し合わせたきことが候《さぶらう》」

「何なりと」

上機嫌のまま微笑んだ瑠璃女御はしかし、兵部の相談事を聞いて身を固まらせた。

「車は御所に返しますゆえ、まろは今宵こなたへ宿ることに」

「そは……」

瑠璃女御は少し言い淀む。

「畏まりながら、さる用意はつかまつらず」

「さなり、まことに宿らんとは存ぜず」

兵部がそう返すと、瑠璃女御は今度は首を傾げた。兵部は敢えて言葉を続けず、扇で顔の下半分を隠しながら意味ありげな目線を送る。そのうち、瑠璃女御は心得たとばかりにはっとしてから笑みを取り戻した。

「いずこの公達や」

兵部はくすくすと笑い声を返す。うまくいった。この遣いにかこつけてどこぞの男君と逢瀬を、と思ってくれれば結構である。暇を持て余した年増の女性の多数の例に漏れず、こうした若者の火遊びを面白がってくれる気質で助かった。

「明日の朝に迎えが参らば、まろはにわかに女一宮の用を思い出でたりとて滋野井第《しげのいだい》に去りぬと伝え給え。まろ自らは夜のうちにいかようにても滋野井へ参らん。遣いへはこれを」

そうして兵部は封をした文を言付けた。滋野井第の今の主、御子の宮貞仁王に宛てたものだった。

滋野井第は兵部の主人である女一宮が生まれ育った邸であり、兵部が一度そこへ寄ることは別に不自然ではない。お遣いに乗じた夜遊びから帰る際、まさか徒歩で御所にそのまま戻るわけにもいかない。どうしても迎えの車に乗って帰らねばならない。だから滋野井第で合流して何食わぬ顔で明日の朝に閑院に帰る。架空の夜遊びの便宜上少しばかりの協力を請えば、瑠璃女御は面白がって頷いた。

◇

日が傾きかける頃合いまで待って、今宵はこちらに泊まるから明朝迎えに来るようにと伝えて車を返してから、兵部は瑠璃女御の邸宅の一室を借りた。牛飼い童に怪しまれた大荷物の中から身支度を整える。袿《うちき》の裾を引き上げ腰でつぼめて端折って壺折りにしてからげ、頭に被衣《かづき》を被り、着崩れぬように懸帯《かけおび》を胸に掛ける。瑠璃女御が自分の女房らに命じて手伝ってくれたおかげで、三月ほども長旅ができそうな壺装束姿が出来上がった。

何度も瑠璃女御に礼を言い、徒歩で邸を出ると兵部は市女笠《いちめがさ》を被って大路を歩き出した。向かう先は花山院である。慣れぬ草履に足を取られそうになりながら、小股に歩いた。

夕刻、宮仕えの貴公子らはそれぞれに自宅へ帰ってくる時間帯に、果たして車が花山院に入っていくのを見て、兵部は門番に駆け寄った。京極殿への取り次ぎを頼むと訝し気にしていたが、京極殿の手蹟《て》で歌が書きつけられた扇を見せると呆れ顔に変わった。またか、と言わんばかりに警戒を解いて中に通される。女癖の激しいのにも良いことはあるものである。

裏口から適当な曹司に通され待ち人を待っていると、廊を歩いてくる音があった。

「兵部の君からの遣いと？」

「遣いにはあらず」

壺装束を解かぬままに振り向くと、相も変わらず流麗な顔が驚きに染まる。

「在りし日にまろを呼び給いけるに、参り侍《はべ》りぬ」

「これはこれは」

それでも瞬時に笑みを浮かべて驚きを誤魔化すあたりはさすがである。帝の御前でも同じように笑っていた。この男の微笑みは、どうやら何かの別の感情の蓋らしい。では、今裏にあるものは何か。

「――よも、あれなる戯れ事を真に受くるとは」

明らかな嘲笑が浮かぶ。どうやら今度は、振りでも兵部を口説くつもりはないらしい。それならそれで結構、話が早いというものだ。

「な案じ給いそ。まろの問いに答《いら》え給えばただちに罷《まか》で出でん」

「――問いとは？」

「壺切御剣《つぼきりのみつるぎ》はいずこにおわします？」

兵部の質問に、京極殿の蓋は外れた。再び驚きの表情。そしてゆるゆると頬が緩み、やがて爆笑に転じた。

「――は！　壺切、壺切！　さても天晴れ、兵部の君。我は関白の世嗣《つぎ》にぞ候《そうろう》、その我が壺切の在り処を告げんと？」

「告げ給うなり」

兵部は断言してみせた。事実、兵部には確信があった。兵部が生まれる前、帝が東宮に叙せられた折、代々東宮に伝領されるべき壺切御剣をあれこれと理屈をつけて渡さなかったのは京極殿の父君、宇治殿だ。その後継である京極殿が、今更ほいほいと返して寄越すとは通常は思わないのだろう。だが、彼の言動を近くで見たことのある兵部にはそれなりに根拠のある考えがあった。

案の定京極殿は面白くもなさそうに頷いた。

「さよう、知りてあらましかばな」

「……知り給わぬと？」

「しかり、口惜しくも。我が父は隠遁の身なれど、心はいまだに氏長者《うじの》なるらし」

兵部は舌打ちしたい気分に駆られた。だが少しは予想していたことでもあった。では、長居は無用である。兵部はすっくと立ち上がった。

「さらば、罷《まか》でん」

「兵部の君、よもや宇治に？」

そのまさかだと答えてやる義理はない。どこか慌てた様子で京極殿が袖を引こうとしてきた刹那、そういえば忘れていたことがあったと思い出した。

すう、と一つ息を吸う。そして兵部は、懐から小汚い雛人形を取り出して思いきり投げつけた。

「！」

美麗な花の顔《かんばせ》に見事に直撃して、京極殿は声にならない悲鳴を上げる。

「雛は形代《かたしろ》と申す。もとは怨まれたるは京極殿ぞ！　よくも雛子《ひなこ》を代などにし給いけり、恨み申す、恨み参らす！」

それだけ言い捨てると、兵部は逃げるように花山院から走り去った。

近衛大路を東に走り抜け、東京極大路を北上する。足を動かしながら兵部は妙に清々しい気分だった。

——都に生くるは終わりやな。

帝の御意に背き、唯一対抗できる摂関家の跡取り息子に暴言と暴力。もはや三界に寄る辺なしという気分だった。大変なことをした、と思いつつも足取りに迷いはない。退路を自分で断った今、前へ進むしかないのだった。

今度は東北院へ。女院の御所に着くと下働きの女童を捕まえていくらか握らせ、乳母への取り次ぎを頼む。

「基子君」

日も沈んだ頃に先触れも出さずにやってきた兵部に乳母は驚いたが、兵部を歓待した。いそいそと中納言の局に通されて、その容態の悪さを窺い知る。いくら昔なじみの主筋の姫でも、日が落ちてから先触れもなく身重の娘を訪ねられるのは普通ならば困るだろう。それがこの喜びようは、つまりはもう見てくれだの準備だのを気にしていられる段階ではないということだ。

局の中納言は、もう床から起き上がれもしなかった。

「もと、こ……ぎみ……」

「さよう。参りたり、雛子」

土気色のこけた頬に笑みを浮かべて、涙が一滴零れた。男物の衣を一枚掛けて帳台に臥す幼馴染は、もはや生命力らしきものがつゆほども感じられない。衣は火取り香炉にかけて香を焚きしめでもしているかのように腹部だけが盛り上がり、一方の腕や足があるはずの部分は衣が直に畳についているかのように平らだった。

中納言が身に掛けている衣は冬の仕立てだ。夏の時期に厚手の衣を掛けねばならないほどの重篤な病状も心配だが、その衣が大きさからいって男物であることが兵部の癇に障った。普段着だが丁寧な作りであるところを見れば、京極殿が後朝《きぬぎぬ》に残していった衣だろう。あの好色男は、冬からとんと訪れてはいないらしい。人形を投げつけるなど手ぬるいところで留めず、次弟を見習って短刀の白刃でぶすりとやってしまえば良かっただろうか。それで返り討ちに遭っては元も子もないと思い直してどうにか表情を取り繕う。

「――乳母《めのと》や。今宵はまろが宿直《とのい》をするによって、汝は休め」

「基子君、そのような」

「まろが命ぞ。明日の朝にはまろは発つによって、夜のうちにいささかなりとも休むべし」

中納言の母である乳母も憔悴が激しいようであった。一人娘がこの有様では、ろくに眠れてもいないのだろう。主従関係を笠に着て、兵部は半ば無理矢理に乳母を下がらせた。

中納言の全身にわき出る冷や汗を拭い、水や重湯《おもゆ》を口にさせ、髪を梳いて頭を撫でてやる。兵部が子供の頃風邪を引けば乳母はこのようにしてくれた。見様見真似でもどうにかなるものである。中納言は申し訳なさそうに首を小さく振るが、礼の言葉も謝罪の言葉も口にするほどの力はないようだった。

「まこと手のかかる乳姉妹や。――香は身体に障らぬか？」

中納言はぱちぱちと上下の睫毛を打ち合わせてから、いいえ、と目で答えた。愚鈍なまでに素直な気質の幼馴染は、言葉がなくても顔を見れば言いたいことはわかる。兵部は香炉を取り出し、中納言を気にかけつつも局の隅でしばし薫物に勤しんだ。

――芥子の実を、こうして。

鵺とかいう化け物を撃退したのは、斎院女御に教わった神秘の香であった。女御の薫物の出来には及ばぬながらもそこそこ華やかな感じに合わせて、できるだけ匂いが病身に障らぬよう部屋の隅に香炉を置く。中納言はいつの間にか寝入っていた。灯台の光をわずかに照り返す頬は青白く、生気は感じられない。だがわずかに胸が上下して、中納言がまだ命を繋いでいることを知る。

――殺させるものか。

身分が低く、内気で、特に気の利いたことも言えず、世間の荒波の中で意地を張ることもできない、不器用な幼馴染。世の中には強く生まれついた者とそうでないものがいる。だが弱いことは罪ではないはずだ。弱くても伸びやかに生を謳歌することのできる世こそが泰平ではないのか。強く尊く生まれついたのならば、弱きを屠《はふ》るのではなく守り抜いてこそ、この世に生を享けた甲斐があるのではないか。

この日本《ひのもと》を遍《あまね》く知ろしめす帝がとても女一人に構っていられないというなら、この手弱女《たおやめ》ぶりを愛でた男が薄情にも早々に夜離るなら、他の人間が守ってやらなければならない。兵部がひ弱な女だとは誰も思うまい。中納言の一番近くに生まれついたのは兵部なのだ。これも巡り合わせである。

そうして一人胸の内に決意を新たにしているうちに夜は刻々と更けていく。丑の刻と思われる頃合いに、ふと局の空気が変わった。中納言の寝息が、苦し気に荒くなった。

兵部はひんやりとした空気に首筋を撫でられてぞくりとする。真夜中とはいえ夏である。鳥肌の立つほどの寒気があろうはずもないのに。

燭台に火を点ける。だがいくら灯りを差し入れても帳台の中は暗かった。目に見えぬ何かが光を遮っていた。

　――来たか。

　恐怖で否応なしに身が震える。それでも兵部は扇を取り出し、香炉の上を仰いで煙を帳台に流し入れた。帳台の天蓋あたりから、男の呻き声のような音が聞こえた。

　香に怯んだ黒い影は、帳台を出て兵部のほうへ近づいてくるように見えた。

『何故《なじょう》』

　その言葉は耳でなく心に直接響いた。老齢の男の声だった。怨嗟《えんさ》に溢れ、重苦しい。

兵部の心臓は早鐘のように打ち、うまく呼吸ができなくなった。

『何故、何故や汝こそここの女を怨みてあるべけれ忘れりとは言わせぬ思い起こせこの女の死を願いて嗤うたる日をこの女に死ねと念ぜしは汝ぞ妬みて嫉みて禍々しき心を持ちたるは汝こそ』

　そうとも、と恐怖のうちに兵部は肯定する。物の怪に憑かれた不出来な心、妖《あやかし》に煽られた中納言への嫉妬と憎悪は、間違いなく兵部の内にあった。いい気味だ、死んでしまえと嘲笑した感情の一部は、紛れもなく兵部の本心であった。

　――だが、呑まれてなるものか。

　姉上、と脳裏に甦る声がある。もうすっかり大人になった長弟と、まだ少年らしさの残る次弟と、舌足らずの末弟。兵部、と優しく気遣う年若の主人の声を思い出す。

こくりと唾を飲み込み、暗闇の中殊更に黒い影を見据える。

——畏れ多き帝に比ぶれば何ほどのものぞ。

随分と不敬なことを考えながら、兵部は震える声を絞り出した。

「——中納言、か？」

それは帳台に横たわる乳姉妹の名ではない。兵部は幼馴染を女房名で呼んだことなど一度もない。いつも雛子、と気安く呼びかけていた。

黒い影が怯んだように揺らめく。兵部の疑いは確信に近づいた。腹に力を籠め、もう一度問い直す。

「権中納言、前《さき》の播磨権守《はりまのごんのかみ》の殿か」

『——!!』

その絶叫は兵部の脳天に直接響いた。耳を塞いでも頭の中に鳴り響く。

『死すべし、死すべし、子など産ませてなるものかあの忌々しき不祥の種が花咲き実を結ぶなどあるまじ、許すまじ、死すべし死すべし死すべし——』

その凄まじい憎悪に兵部はとても気を張ってはいられなかった。叫びもあげられないうちに、兵部はいつしか気を失っていた。

◇

気がつくと、局に光が射し込んでいくらか明るくなった刻だった。

起き上がり帳台の中納言に駆け寄ると、弱々しいながらも寝息を立てている。どうやら切り抜けたらしいと悟って、兵部は息を吐いた。

乳母の声が掛かる。こっそりと持ち込まれた朝食を、ありがたく腹に納める。腹ごしらえはしておかねばならなかった。

「基子君、朝餉を」

乳母の手を借りて再び壺装束に身を包むと、兵部は出立を告げた。「香を絶やすな」とだけ言い置いて早々に辞去する。時間がないのだ。瑠璃女御の邸に逗留していることになっている兵部の出奔が露見するのはいつ頃か。日が昇り車が瑠璃女御の邸に迎えに来て、女御に言付けた伝言を聞いて滋野井第に向かい、御子の宮に事情が知れるのに昼までかかるとは思えない。御子の宮の滋野井第から仮御所の閑院までは南北に五町、決して遠くはない距離である。

草履をつっかけ、兵部は東京極大路をひたすらに南下する。都を出て、目指すは宇治だった。

十九　宿貸し鳥【やどかしどり】

朝も早くから閑院から車が来たと聞いて、御子《みこ》の宮貞仁《さだひと》王はうんざりした。拙速を尊ぶにも程があるまいか、とわずかな父への反抗心を胸に遣いを迎えれば、思いもよらないことを言われて面食らう。

「姉上――女一宮の女房が？　知らぬぞ」

家司に命じて邸中に聞き回らせても、やはり昨夜客人などないということだった。首を傾げる使者から、封をした文を渡される。開いてみれば、走り書きの言葉が並んでいた。手蹟《て》は洗練されているが挨拶も何もなく、とても親王――正確にはまだだが、もう決まったようなものだ――に寄越すものとは思えない。

『御子の宮は伯父上をいかように思《おぼ》したてまつらせ給いたりや。大二条殿と京極殿をば比べさせ給いて御覧ぜられ給え。人の世はいずこもさほど変わり候《さぶら》わねば、陰陽寮とても同じことに候《さぶらう》』

謎かけのような手紙に御子の宮はしばし考え込む。伯父上とは誰のことか。亡き生母滋野井御息所《しげのいのみやすどころ》には同腹の兄弟はない。異腹の兄弟のことか、それとも母と同じく故大夫藤原能信《よしのぶ》の養子となっていた春宮大夫藤原能長《よしなが》卿のことか。

否、と御子の宮は内心で断ずる。『思したてまつらせ給いたり』とあった。後段の二重敬語は御子の宮への敬意を表しているが、『たてまつる』という謙譲語は明らかに伯父上とやらに向けられている。その上『たり』と過去形が使われていることからすれば、御子の宮より身分が低くいまだ存命である母方の親戚のことではないだろう。とすれば、この伯父上とは父の異母兄である先帝をおいて他にない。ふむ、と考える。先帝をどう思っていたかなど、答えは決まっていた。

「……物《もの》し、とぞ思いたてまつりにける」

「宮、何と仰せに？」

思わず声に出してしまった独り言を従者に聞き取られ、御子の宮は何でもないと扇を振って誤魔化しつつ、内心で繰り返す。物し——目障りだと思っていたとも。摂関家を外戚に持つ先帝の影で、こちらの一家はいつも日蔭の身であった。仮にも東宮であった父はともかく、諸王にすぎない御子の宮の立場はいつも不安定だった。先帝に子が出来れば、御子の宮は東宮に立てられるどころか皇統の嫡流を外れて源氏に下らされることとさえ十分にあり得たのである。皇女腹《みこばら》の父はともかく、たかだか権中納言の娘が生母の御子の宮は生まれからして頼りなかった。先月、先帝がとうとう皇子女を残さないまま御隠れになったと聞いた時は心の底からほっとした。荒波に弄ばれる浮舟のような身が、やっと岸辺に漂着した心持ちだった。

書状には署名も何もなかったが、遣いに聞けば書き手の素性は簡単にわかった。三条帝の曾孫にあたる源氏の姫で、通称は兵部の君、女一宮に仕える女房の身である。ただし一介の女房にしては生まれが高すぎる。おそらく実際に身の回りの世話をする役回りではなく、皇子の場合に付けられる学友のような、姉宮の話し相手の立場なのであろう。御子の宮と同じく滋野井第に居住する妹二人、女二宮と女三宮は面識があるらしいのでどんな女か聞いてみる。

「いと美《うるわ》しき女君なり」

「容貌《かたち》のいと優《ゆう》にあられて」

あまり参考にならなかった。状況が違えば容姿に興味を持ったかもしれないが、今はそんなことはどうでもいい。どんな性質の女かを知りたかったのだが、香合わせなり賀茂祭の見物なりで何度か顔を合わせても、取り立てて言うことはないようだった。要は、主筋の姫宮にそつなく接することができる女なのだろう。

ただ、御子の宮に寄越した文はそつがないどころではない。これをどう考えたものか。

父帝が五人の子の中でとりわけ長子の女一宮を鍾愛していることは、御子の宮は身をもって知っている。姉のもとへは帝の御渡りも頻繁にあるという。とすれば、女一宮に近侍する兵部の君は宮中の内々の事情にも明るかろう。御子の宮が賀茂川の奇妙な氾濫の原因と目される賀茂氏内部の陰謀の調査を命じられたことも、知っていておかしくはない。

御子の宮は家司を呼びつけた。

「今の陰陽頭《おんみょうのかみ》は何と申す者か」

「は、名を賀茂道言《かものみちとき》とかや」

「前《さき》の陰陽頭は如何《いか》なる者ぞ？」

「賀茂道清《みちきよ》とか申しし。今の陰陽頭の兄と聞き候《そうろう》」

「前の陰陽頭に子はありや」

「男が一人、賀茂氏の倣いによりて陰陽寮に仕えまつる。名を道資《みちすけ》と」

御子の宮は笑いを抑えることができなかった。家司は主君の私的な親戚付き合いの義理を果たすのも仕事のうちだから、都の貴族の血縁関係なども頭に入れておかなくてはならない。しかしそれにしてもよく覚えているものだ。

――成程、主上《おかみ》や姉上ではおわかりにならんやろなぁ。

くつくつと忍び笑いが零れる。血が繋がっているからこその陰鬱な謀《たばか》りは、ただ一人比類なく尊い生まれの父帝には縁遠い。女一宮は御子の宮と同じ生まれだが、あの姉宮はいくら浮世の垢にまみれても自身はちっとも高潔さを失わない。侮られても恨みを持たず、ひたすらに清く正しくあり続ける。その性質を父帝は愛しているのだが、息子にも同じようにあれとは思っていない。政治の表舞台で百戦錬磨の佞臣《ねいしん》らと渡り合わなければならない皇子と、心身を清く保って神事に通じるべき皇女では役割が違うのである。だからこそ、女一宮にはこの謎かけは通じるまい。その一方で御子の宮は難なく解いてみせた。

――さて、しかし。

兵部の君とやらが自身の推察を伝える相手に、付き合いのない御子の宮を選んだ理由はわかる。だが慌てた文面も不作法ならば、主君の女一宮をすっ飛ばして書状を寄越すのも女一宮の面目を潰す行為である。まして、勝手な嘘に主筋を巻き込んだ挙句の伝言とくれば、今後の宮仕えが沙汰止みとなってもおかしくない。この無茶はどうしたわけけか。

外出する用にかこつけてこのような無礼をしでかしたのだから、もとより御所へ戻るつもりはないのかもしれない。そうまで思いつめる理由を知らないでは、うかつなことはできない。何かしらの罠である可能性もあるのだ。

「――誰ぞ！　陰陽寮へ行き、陰陽頭と道資《みちすけ》と申すなる陰陽師を引き立ててもろともに御所へ参れ」

「は。宮は？」

「かの車にて先に姉上——女一宮の対へぞ参る。閑院への先触れは女一宮に出《いだ》し申せ」

　音を立てて扇を閉じれば、家来どもは即座に指示を受けて動く。御子の宮は支度を整えさせながら、父帝の言いつけを思ったよりよほど首尾よくやれそうな予感に頬を緩めた。

二十　にんにく【忍辱】

——足が痛い。

兵部の額を汗が滴り落ちる。暑さのせいばかりではない。

平安京から宇治までは三十里を超える。一日あれば歩ききれるかと思ったが、もともと外を出歩くことさえ稀な公卿の姫の身分である。外出も車が基本であったから徒歩で大地を草履の下に感じるなどほとんど初めてのことで、足の裏は自分の体重に悲鳴を上げ、鼻緒が擦れて皮はとうに剥《は》がれていた。

だが、歩かねばならない。もとより引き返す場所などありはしないのだから。

昼前までは休み休み来たが、もはやこれ以上休んでしまうと痛みに意識を持っていかれて一歩たりとも歩けなくなりそうだった。痛みを意志の力で押さえつけ、前へ前へと足を運ぶ。

家族とも最後の団欒の時間を持った。都に渦巻く陰謀への推理らしきものは御子の宮へ言付けた。女一宮へのこれまでの礼も、きちんと認《したた》めてきた。兵部の出奔が知れたら、閑院の兵部の局が捜索されるだろう。そうしたら帝より賜った御几帳の陰に、紙に包んだ書状が見つけられるはずだ。

　足に出来物ができては潰れ、草履にまで血が滲んだ。血豆という言葉さえ兵部は知らなかった。

　疲れと怪我とで歩みは鈍くなる。夏至も近いというのに、二十里も行かぬうちに日が傾きかけてきた。暗くなるにつれて道の雰囲気も悪くなる。とうとう柄の悪い数人の男に囲まれてしまった。

「何や、汝ら！」

　声を張り上げたのは虚勢でしかない。昨夜は悪霊に対し、帝に比べれば、などと思ったが、同じく刃を向けられても追い剝ぎより帝のほうがよほどましである。どうせ身を辱められた挙句に犬死にするより、この世で最も高貴な方の手に掛かったほうがまだ名誉だ。

　──否、雛子《ひなこ》より先にまろが死ぬわけにはいかんのや！

　兵部は必死に杖を振り回す。主家に背いて出奔してきた以上はもはや兵部は貴族の姫ではない。泥を啜っても犬のようにでも生き延びて、何とか宇治に辿り着かねばならない。

「──、──」

　兵部の腕を掴んだ男が何か言ったが、兵部にはその言葉も理解できなかった。振り解《ほど》こうと腕に力を込めつつ、帝にとって五位より下とはこういうことかな、と埒もない考えが痛みの中に浮かぶ。六位以下の者とは言葉も通じない態が貫かれるのは儀礼というものだが、実際身分が違いすぎると使う言葉も随分違う。事実兵部は、今周囲を取り囲むならず者どもの言葉が理解できなかった。

　ただし、悪意と欲情は言葉にせずとも十二分に伝わった。兵部も相手を同じ人間とも思っていないから、お互い様かもしれない。振り回した杖を奪われ、袖を引かれて地面に引き倒され、酷くすえた臭いのする手で口を塞がれて、兵部は生まれて初めて殺意というものを知った。自らを蔑ろにする者への怨みといったら、何と地獄のように深いことか。かつて感じた中納言への妬み嫉みなど吹き飛ぶほどだった。京極殿への怒りは持続していたが――そこでふと、ああそうか、と思った。

　乳姉妹《めのとご》の中納言の主人であることは、兵部の一部だった。だから兵部を差し置いて今を時めく貴公子を射止めたことを腹立たしく思いもした。その一方で、中納言が蔑ろにされたことにはそれ以上の怒りを感じた。兵部は畏れ多くも三条院の血を享けた、帝と源を同じくする貴族の姫である。人の上に立つべき立場には、それなりの責任がある。帝のようにこの日本を遍《あまね》く統べ、すべての臣民を治めたもうという尊き使命ではなくても、せめて自分の家に属する者の幸せな一生くらい守ってやる義務があるのだ。そうでなくては中納言はなぜ、大人達に蔑まれ疎まれながら兵部のようなお転婆な姫の相手をする幼少期を送らねばならなかったのか。その一方で兵部が姫とかしずかれ、零落の身でもなお御所に住まうことができたのはなぜか。

いざという時に中納言を守ってやる責任があるからこそ、そうした差が当然のものとしてまかり通っていたのだ。中納言は幼き日の兵部によく仕えた。ならば彼女が頼み甲斐のある男君の庇護を受けるまでは、兵部が守ってやらなくては。

しかし、今は兵部自身を守り抜くこともできない。髪を掴まれぐいと首を捻られた刹那、馬の蹄の音が二頭分近づいてきた。

「——姉上ぇ！」

ドス、と何かが突き刺さる音がした一瞬後、兵部を押さえつける力が消失した。半身を起こして見れば、兵部を押さえつけていたならず者の脳天を矢が射抜いていた。

「——！」

他のならず者らが声を上げると同時に、またも矢の空を切る音がして、新たに二人倒れた。あっという間に三人が事切れると、残ったならず者らは一目散に逃げ出して行った。

「姉上！　大事候《そうろ》わぬか！」

「……大事？　大事やと？　季宗《すえむね》、まろに当たりなば如何《いか》にせんと思うてか！」

助かった安堵やら何やらより先に、弟への叱責が先に出た。主人の父帝からは刀を振るわれ、実の弟に弓を向けられるとは、一体前世でどんな悪行を積んだというのか。

「前世やのうて今生《こんじょう》の行いや、姉上。無理をなさる」

口に出ていたらしい兵部の内心にさらりと突っ込みを入れつつ、行尊も馬から降りてきた。園城寺では馬の扱いも教えるらしい。まったく、この弟らは、姉の気遣いを何だと思っているのか。累が及ばぬように出奔してきたというのに何故追いかけてくるのか。

いつまでも立ち上がらぬ姉を訝しんだ弟達は、兵部の足に目をやった。

「……御足《みあし》を？」

行尊は表情を歪めたが、季宗は父に似た顔でのほほんと兵部を見下ろして言い放った。

「身の程を知り給え、姉上。徒歩《かち》など公卿の姫の業《わざ》ならず」

そして長弟はひょいと兵部を抱き上げて馬に乗せた。粽《ちまき》を弟と競い合って口に詰め込んだりしても、やはり二十歳の男なのだ。

「降ろせ。まろは帰らず」

「降ろしはしませぬが、帰らぬのはよろしかろ。我もこうなりては御所に戻り難し」

横座りになって馬の横腹に垂れた兵部の両足から、弟らがそれぞれ草履を脱がせる。

「あなや」

兄弟で仲良く声を揃えて嘆息し、手当てを始める。若い男とくれば生傷を負うことも多いのか、妙に手際よく布が巻かれた。兵部は大きく息を吐く。

「……責めが汝らに及ぶまじと、一人去《い》にたりというに」

「あのなぁ」

またも弟らは声を重ねた。ここ数年は一緒に暮らしてもいないのに、実に気の合う兄弟である。

「何を言わんと言うまじと、血は薄くも濃くもなりませず。いかようにても責めらる時は責めらる、それが同胞《はらから》というもんや」

「浅ましきかな、姉上。拙僧などは既に世を捨てにける身なれば、今更に過ぎませぬか」

「……痴《おこ》どもが」

成程血の絆は望んでも切れぬものらしかった、良くも悪くも。兵部は吹っ切って、一つ頷く。

「さらば季宗、まろをば平等院へぞ具して行け」

季宗は平等院と聞いて目を見張ったが、口応えせず頷く。

「行尊。汝は三井寺へ戻れ」

「は？　嫌や」

「戻れ。汝のためぞ」

「いーやーや！」

十四歳の、元服してもおかしくない年齢で、次弟はぷうっと頬を膨らませる。詠む歌の出来は既に円熟した歌人のそれであるのに、当の本人のこの幼稚さはどうしたわけか。兵部は頭を抱えたが、説得する気力は残っていなかった。ならばもう知らん、の意を込めて諦めとともに手を振ると、季宗は馬に乗って兵部を胸に抱え、行尊も自分の馬に登った。

走り出す際に、季宗が射抜いた男共の死体が目に入った。胸は痛まなかった。中納言と違って兵部が庇護すべき者どもではない。奴らは国土を遍く知ろしめす帝の管轄である。

――急がなくては。

中納言にはもう時間がない。一刻も早く、何としても平等院に住まう老体を締め上げてでも壺切の在り処を聞き出さなくてはならなかった。

長弟の腕に抱かれて馬に揺られていると、少しだけ気が緩んで足の痛みを思い出し、今更全身が震えてくる。歯を食いしばって堪えていると、行尊には聞こえないくらいの密やかな声が耳元で囁いた。

「……姉上。泣いてもええんや」

「泣くまじ。弟どもに涙は見せじ」

「そんなら誰の前なら泣ける？　母上か？」

「戯言《たわごと》を言うな、三郎で足りとる」

「女一宮の御前にては？」

「宮はまろより若うおわしまするに？」

するると季宗は少し顔を離して、兵部を見下ろしてきた。

「そんなら、姉上はいずこなら泣ける言うんや」

夕闇の中の弟の顔立ちはぼやけて、別の誰かに重なった。

——父上？

雅やかな詩歌と管弦の世界に生きて悠々と世を渡り、あっさりと彼岸に去ってしまった父の特徴を季宗はよく受け継いでいる。ぼんやりと何も考えていないようで、しかし娘が気安くぼんくらと称して憚らないくらいの親しみはあった。

「汝らのようにはなき、頼もしき男君の前なれば」

「へぇ、たとえば帝とか？」

兵部はここ数日で、初めて心から笑った。

「そやなぁ、帝の御前ならばそれはもう畏れ多くて、涙も出ようなぁ」

その時に一粒滴が零れたのは、笑いすぎたせいだ。季宗は再び兵部を胸に抱き寄せる。

「……平等院に到りなば起こし申す。休まれよ」

昨夜はほぼ徹夜の上に一日中歩き続けてきた兵部は、その声と同時に生まれて初めての馬眠りに落ちた。

二十一　移し文【うつしぶみ】

益荒男《ますらお》と、おそらく十人中八、九人にはそう称されるであろう帝は、この日ばかりは荒ぶるどころか困り果てていた。

「あな、兵部、兵部」

「泣くな、聡子」

逆境を生き抜いて帝位に就いた帝は、人の心の機微にはあまり頓着しない。細やかなことを悠長に気にかけている余裕があったことなど、三十余年の生涯の中で数える程もなかったからである。帝の価値観では、泣くような余裕があるのならば状況を打破すべく動くもので、行動もせず泣き濡れるというのは所詮甘えだ。したがって帝は女の涙など煩わしいとしか思っていないのだが、何事にも例外というものはあって、鍾愛してやまない長女の黒い瞳から零れ落ちる滴にだけは弱かった。もとより人前で感情を露わにすることの少ない娘が、六年前の母御息所の死以降初めて流す涙とあれば尚更である。

女一宮が遣いに出した女房を迎えにやった車は、どういうわけか弟宮、帝の一人息子である御子の宮を乗せて帰ってきた。遣いの女房から残されたという文を持って。女一宮が女房に与えた局を慌てて捜索させると、帝の下賜した几帳の陰に置き文が見つかった。

『限りなき御労りにかかり侍《はべ》りける身ながら、御恩をば仇にて返し申すことの畏く、申し様こそなく存じ候《さぶら》へ。帝の御意に背きたてまつり給うともまろを労り給いける宮なれば、まろが乳姉妹を如何《いか》にせむと知り給へ』

そして文の常道に違わず、歌が添えてあった。

『くりかへし我が身の咎を求むればともにまとゐしいにしへの夢』

自分の罪は、友と一緒に団欒した昔の思い出を忘れられなかったことだ——というわけだ。「友に」と「共に」の掛詞には、指す人も二重に掛けられている。女一宮と、中納言とかいう乳姉妹だ。帝に楯突いてまで庇ってくださった宮ならば、自分が帝の御意に背いても乳姉妹をうち捨てておけない理由もきっとご理解いただけるでしょう、という置き手紙の本文を補強する歌だった。

「主上《おかみ》、父上、畏み、畏みてぞ申し侍る。さりとては兵部を許させ給え。聡子の今生の願いに候《さぶらう》」

「心得たり、かの女房をいつなりと戻らせよ。朕は咎めじ。今までと同じく仕えさせるがよし。泣くな」

慣れぬ慰めの言葉を口にしながら、帝はいささか意外に感じてもいた。兵部の君とやらが出仕を始めて数年、それだけの間女一宮が長く傍に置いているのだからそつなくこなしているのだろうとは思っていた。だが、こうまで女一宮の心を掴んでいるとは思っていなかった。

もともと帝は、女一宮の付き合いを制限してきた。男とのやり取りは論外だが、女でも愛娘に近侍する者は厳選して数を絞っていた。というのも、まだ先帝が健在であった東宮時代、廃《すた》れ皇子《みこ》などと呼ばれた自分の王子女は世間に侮られることが多かったため、娘が心配だったのである。御子の宮貞仁《さだひと》王などは中々に執念深い気質で、受けた恥辱の報いは何年かかっても必ず返していた。忍耐の女であった母滋野井御息所《しげのいのみやすどころ》の血を引いているにしては陰険に育ってしまったと思わなくもないが、それくらいでなくては都の王侯貴族の社会を生き抜くこともままならぬので、帝もまあよかろうと思っている。しかしその姉宮である女一宮は、いくら侮られても怒りを覚えもせず受け入れ耐えてしまうのであった。欲のない娘は人から悪し様に言われても反論もしないため、掛かる火の粉を本人に代わって振り払ってやらねばならぬと決意し、御所の奥に隠して大切に育てた。

兵部の君の出仕について帝は直接に関与したわけではないが裁可は与えた。その後折々に働きぶりの報告を受けてもいた。まだ大君と呼ばれていた頃の女一宮に親しく心を許せる相手が必要では、と奏上してきたのは春宮亮《とうぐうのすけ》であった藤原良基であったと記憶している。良基の姪に当たる兵部の君は、身分も釣り合うし年齢も三つ上、気安く打ち解けて時には姉のように大君を支えてくれるのではという良基の言葉に当時東宮であった帝は頷いた。何かと気を遣う性質である長女には、甘えられる相手が必要だろうと考えたのである。

女一宮が生まれた時から周囲は騒がしかった。女一宮が生まれた時はまだ先帝も若く健在で、そちらへの入内合戦が繰り広げられる一方、東宮御所に生まれた姫など世間から見捨てられていた。都の貴族は東宮一家を大いに侮り、とりわけ身分の低かった滋野井御息所とその所生《しょせい》の王子女は蔑まれた。そんな中幼い頃から聡明だった長女は、苛立つ父宮をよく慰めたものである。十一年前、東宮の同母姉娟《うるわしこ》子内親王がこともあろうに藤原頼通《よりみち》の養子源俊房《としふさ》と密通の挙句駆け落ち騒動を起こした時に、怒り狂って手の付けられなかった東宮に寄り添い宥めたのはまだ八歳の大君であった。娟子内親王の不品行への嘲笑は姪である大君にも及んだが、大君はそれに苛立つ様子も見せず、父宮を慰めると同時に癇癪を起こす弟君の相手をし、まだ乳幼児だった妹君らの面倒もよく見た。

そのようにして幼少から周囲の大人に気を遣い、目下の者にも心を配る大君であるから、信頼を寄せ気安く語らえる姉のような友があれば良いとは思った。実際出仕の様子を聞くと、大君にとって兵部の君は心を許せる相手ではあるようだった。

ただ、実年齢より成熟している大君にとって、年長とはいえまだ若い女である兵部の君は頼れる姉のようにとはいかなかった。零落の身である兵部の君は自身が気にかけなければならない事柄も多く、大君の身辺にまで気を張って万難を排すことは荷が重かったらしい。どちらかといえば気を配るのはやはり大君のほうであって、その点では東宮の目論見は失敗に終わったわけであった。

そのように、東宮の期待すべてに応えることには失敗していた兵部の君であるから、大君——女一宮も深い親愛の情を抱いてはいないだろうと帝は思っていた。付き合いが絶えれば残念には思うだろうが、聞き分けの良い女一宮が父帝の意に背いてまで手元に置きたがる程だとは考えてもみなかった。

しかし現実は、帝の眼前で咽び泣く長女の姿である。

「……兵部とか申す者は、然《さ》ばかりに良き友か」

「さらなり」

間髪入れず返ってきたのは肯定だった。帝はやはり腑に落ちない。伝え聞くところによれば、兵部の君の仕事ぶりは確かにそつはなかったが完全無欠ではなく、失敗も度々あったという。帝が直に見知った範囲では、京極殿藤原師実《ふじわらのもろざね》の妾の見舞いに行った上に物の怪などに魅入られて騒ぎを起こし、その上師実を引き入れ、挙句の果てに不義理の出奔である。顔は確かにすこぶる美形であったし、度胸も人並み以上にはある——少なくとも何かあればすぐ気を失うようなひ弱な性質ではないようだが、他の不出来を補って余りあるとまではいかない。帝からすれば、女一宮のように良く出来た娘が魅力を感じるほどの人間ではないように思える。騙されているのかとも思ったが、人の心に聡い女一宮は悪意を受け流すことには長けていても決して二心に気づかぬわけではない。女一宮の人を見る目は確かであり、女房などに手玉に取られる姫ではないのだ。

現に聡くも父帝の内心を読み取ったとみえる女一宮は、涙声で訴えかける。

「兵部は三条帝の御曾孫に候《さぶらう》。世が世なればあれこそが皇女《ひめみこ》、兵部もそれを知りて自らを恃《たの》むこと強し。されど父上もみずからも侮《あなづ》ることつゆも無かりけり」

母方の祖父である三条帝の名を聞いて、帝の表情は知らず知らずのうちに歪んだ。三条帝の嫡男にして兵部の君の祖父、小一条《こいちじょう》院の生涯は東宮時代の帝にとって他人事ではなかった。小一条院は東宮の位にありながら、摂関家の圧力に屈して皇嗣の座を辞した。先帝の御代には、彼に皇子が生まれれば摂関家を外戚に持たない東宮などすぐに廃太子とされるだろう、と誰もが思っていた。小一条院と違って帝が東宮であり続け践祚の日の目を見たのは、ひとえに異母兄に皇子が出来なかったためである。

そうした経緯からすれば、三条流の諸王や源氏が現在の皇統に対して反感らしきものを胸の内に抱くのは無理からぬことなのである。他ならぬ帝の母后、三条帝の皇女であり小一条院の異母妹である太皇太后も、一人息子にひとかたならぬ期待を掛けて養育し、先帝を敵視していた。兵部の君はそこへもってさらに父君の薨去あって零落の身であるから、腹に一物抱えていてもおかしくはない立場であった。

しかし、兵部の君は自らの生まれの高さを鼻に掛けず、女一宮が皇女になる前から臣下の礼をもって接した。気位は高く、二世源氏の身の上を不満に思っていることを隠しもしなかったが、どういうわけかそれは兵部の君の中で東宮家を軽んじることには繋がらなかったようなのである。

「父上が東宮と聞こえし折は、中納言が姫腹のみずからが重んぜられること有り難かりけり。されども、女房らの中で一に生まれの高かりける兵部こそ、みずからを主と仰ぎてよく仕えけれ。帝の末裔《すえ》の姫がかくありては、他の女房どもの仕えようも自然《じねん》に変われり」

——やはり、侮る者はおったか。

帝の胸の内に苦々しいものが広がる。十分に察知していたことではあったが、女一宮が大君と呼ばれていた頃は周囲の召使いらも特段の敬意を払って仕えていたわけではなかった、という。それは大君の幼さゆえでもあったろうし、腰の低い大君の態度が招いたことでもあったかもしれない。だが兵部の君は、物怖じせず女王と親しく付き合う姉代わりの役割を期待されて出仕したというのに、出仕の初日から頭を深く垂れたという。控えめな大君と違って気位の高い性格であったのにもかかわらず、である。公然と軽んじられ無礼を働かれることが日常であった東宮家に対して、侮蔑の念を抱いているなら表面を取り繕う必要さえないのが当時の状況であった。その中で示された敬意は紛れもなく本心である。女房らの中で最も身分の高い兵部の君のその様子に、周囲の態度も自然と変わっていった。

「兵部は確かに欠けたる所もあらん、些事に思い煩いて妬み嫉みに心を染めることもあらん。されど上を敬《いやま》い下を思いやる心を無くなすこと、ゆめさらさらに」

そう言われては、帝にも思い当たることがあった。廃れ皇子よと、宇治に隠遁した前《さき》の関白藤原頼通《よりみち》を筆頭に、とかく侮られ軽んじられることの多かった帝はその手の感情に敏感である。師実ゆかりの者と通じるなと女一宮伝てに命じた際、兵部の君は不敬にも顔を上げて帝を見上げた。その瞳には明らかに批難の色があった。だが、摂関家の者のような侮蔑はなかった。むしろ畏怖の念が十二分に伝わってきたが、深い畏敬と恐れにもかかわらず、それはあんまりだ、という感情が表に出てしまっていた。世の趨勢に流されない自分の意思というものを、兵部の君は確かに持っていた。我こそと気位を高く保ちながら思い上がりとは程遠く、強きに阿《おもね》らず弱きを挫かず、高貴の人としてあるべき姿を愚直に追い求める。おそらくは、その自覚もないままに。

時勢や外圧を撥ねのけて伸びやかに育った心のままに素直な敬意を向けられるというのは、確かに稀有なことであり、手放しがたいと思うのも無理からぬことではあるかもしれなかった。

他の干渉を受けずにおのずから発せられた感情が反感であるのは面白くはないが、興味深くもあった。帝が最も嫌うのは侮られ軽んじられることだが、一方で媚び諂《へつら》い盲目的に従うばかりの者は軽侮する者の次に嫌いである。逆境に育って独立不羈《ふき》の心を良しとする帝にとっては、敬意を持ちながら意見を違えれば公然と物申してくる人間が最も好ましかった。正妻の斎院女御や最側近の江の君などはまさにその手の人間である。向こうに理があると思えば譲るのもやむなしと思うし、そうでなければ相手の理屈をねじ伏せて従えるのも一興であった。

――ふむ。

「泣くな、泣くな」

女一宮を慰めながら、帝はこの一件への対応について思いを巡らせた。

◆

どうにかこうにか愛娘を宥めて少し休むように命じ、兵部の君の置き文を手に帝は女一宮の寝所に当てた塗籠《ぬりごめ》を出る。対の屋の中心、最深部の塗籠は最も格式高い間とされるが窓とてなく、居室よりは納戸や宝物庫として使用されることが多いが、帝は東宮時代から愛娘が塗籠以外の場所で寝《やす》むことを許さなかった。斎院女御の手前、邸宅の中心である寝殿に脇腹の娘を起臥させることは叶わなかったため、せめて東の対の最上位の間にとの親心である。それに、厚い壁に囲まれた塗籠はこういう時に外部との接触を絶たせるのにも都合が良い。帝は側仕えの女房に女一宮をしばらく塗籠から出すなと命じて廊に出た。

「主上。遂に落ちたり」

中庭から声を掛けてきたのは御子の宮貞仁王である。親王宣下の意向は内外に示してあるので誰も彼も帝の一人息子を御子の宮と呼ぶ。これまでの冷遇振りから一転した持て囃しようには笑いしか出てこないが、まだ十六歳の御子の宮はそれでも嬉しいらしい。

砂利の敷き詰められた中庭で少年のような笑顔を浮かべる御子の宮の足元には、若い男が縛り上げられて倒れ伏し、顔から血を流している。その側で、砂利の上に直に座らされた初老の男が一人。周囲には蔵人らが控えており、そのうちの一人、帝の最側近である江の君大江匡房が声を上げた。

「御子の宮、廊へ上がらせ給え。宮の御身にて直地に立たせ給うは宜しからず」

「匡房の言うが道理なり。貞仁、近う寄れ」

御子の宮が沓《くつ》を脱いで回廊へ上がってくる。目前に控えた息子の首筋に、帝は方形の笏を振り下ろした。

「あ痛！」

「貞仁！　姉宮の対を血で穢すとは何事や、荒々しき業は所を選べ！」

「か、畏まり申して……」

痛みのために御子の宮は瞳に涙を浮かべたが、一瞬後にはけろりと常の顔に戻る。立ち直りの早すぎる息子を如何に扱ったものか、帝の思い悩みの種は増えた。父帝の叱責など最終手段であるべきところ、堪えた様子も見せない。

とはいえ今は元服した息子の指導方針より重大事が目前に転がっている。

「しかして、落ちたりとは？」

「右府《うふ》の通いたる女を呪詛したるはそこなる陰陽師、名を賀茂道資《かものみちすけ》と申す。前の陰陽頭が子、今の陰陽頭の甥なり。右府に姫の生まるるを関白は望まず、そこなる陰陽師は陰陽頭の子が賀茂を継ぐを望まず。勘事《こうじ》すればいと素直に言いにけり」

拷問して口を割らせたとさらりと告げながら、御子の宮は走り書きの書状を帝に手渡す。その手蹟《て》は女一宮宛ての置き文と同じで、叔父と甥の後継争いが賀茂川の騒ぎの裏にもあり得ることを示唆していた。

――兵部とやら。女房の身で、如何《いか》で誰よりも早うにこの謀《たばか》りを見抜いた？

女一宮に近侍していたのならば情報が早いことは不自然ではない。だが、それより一歩進んで犯人の当たりを付けられたのなら、何か別の筋からも手掛かりを掴んでいたはずだ。都において人脈は命である。あの娘は、どうやら御所の外に細い命の糸を確かに有しているようだった。

御子の宮へ宛てた文には少々引っかかることも書いてあった。

「貞仁。先の帝を、何と？」

「さて、さて。皇女腹の東宮にあらせられける主上のごとくならず、院の御代にてこの身は数ならざりき」

咎めるべきであったかもしれない。異母兄である先帝に、帝は取り立てて悪感情を抱いてはいない。だがそれは勝者の余裕というものかもしれず、もし先帝に皇子があって東宮を廃され小一条院の運命を辿ることになっていたら、自分もやはり異母兄を怨んだかもしれなかった。

「されば、陰陽頭の官職《つかさ》を代に教通《のりみち》が？」

「さすがに関白の名は出しませねども」

藤原氏御堂《みどう》流鷹司家の内紛は帝も歓迎するところである。だが賀茂氏はそうともいかない。砂利の音に混じって嘲笑が響く。

「し得たり、し得たり。何も、なぁんも知ろしめし給わず。直に御覧ぜらるるともつゆとも知ろしめさず！」

「――蔵人ども。いずこの帝が地下《じげ》に直答《じきとう》を許したりや」

帝の特別の勅許なく直奏が許されるのは五位以上に限られる。陰陽寮の官人は、筆頭の陰陽頭の官位相当がやっと従五位下であり、その下の陰陽師が直接話しかけるなど有り得ない。帝のほうからも通常地下とは直接のやり取りをせず、間に人を挟む。

――かの女は、師実に好き勝手を言われようとも朕に直奏する無礼は慎んだというに。

帝は侮られ軽んじられるのが大嫌いであった。帝の言外の意を汲んだ蔵人らは、既に血に塗れている陰陽師を押さえ込む。帝は先程御子の宮を咎めたことを早くも後悔した。

「匡房。そこなる下人は何と申せるか」

指名された江の君は呆れたように首を振る。問いへの直接の答えはなく、本質を突いた返答が返ってきた。

「そこなる陰陽師は、先に鵺の御所に入りける折に残穢を祓いたる者に候《そうろう》。押し掛くられしが兵部の君なり」

「さればこそ。自ら遣りたる魍魎《もうりょう》の穢れなれば、清めも易かりけらし。――烏滸《おこ》がまし」

帝の怒気を感じ取った蔵人らが再び陰陽師を代わる代わる打ち据える。それでも血塗れの口元がなお笑みを浮かべるのを見て、帝は傍に平伏する初老の男を見下ろした。

「――陰陽頭。朕の許しあるまで身を慎め」

砂利に直接額を擦りつける陰陽頭の冠に向けて、帝は告げる。

「甥とやらに伝えよ。二度までも物に襲われたる女は、すべて見顕《みあらわ》して奏上せりとな」

呪いを受けた中納言とやら本人を除けば、最も近くで穢れを被った兵部の君は、誰よりも早く真実に気づいて帝の子二人に文を残していったのであった。

礼を失した、しかし流麗な手蹟《て》の文を二通袂に入れながら、帝は踵を返した。

二十二　ろうきょ【籠居】

兵部ら姉弟が平等院に辿り着いたのは、夏の長い日も暮れた刻で、当然ながら門は閉まっているはずだった。

「さて、中に入るには如何《いか》にすべきか。門番を脅して」

「無理を言わるるな、姉上」

「関白家の侍いうたら、南都北嶺《なんとほくれい》の強訴にも立ち向かいて退けたるほど兵《つわもの》の道を立てりと、拙僧の三井寺までも聞こえ申す。二人のみにてはとてもかくても」

「二人やない、三人や」

「……なおのことや」

呆れたような顔は宵闇の中でもはっきりとわかった。ぐるぐると平等院の周りを馬で回りながら、しばし作戦を練る。

「平等院領は不輸不入《ふゆふにゅう》の太政官牒《だいじょうかんちょう》を受け、検非違使《けびいし》とても立ち入られず。さて如何に」

帝が摂関家を目の敵にする理由の一つが荘園問題である。本来国土と国民はすべて天皇の支配下にあるべきところ、徴税を厭《いと》い戸籍のある土地から脱して貴族の荘園で労働する代わりに庇護を得るものが後を絶たなかった。荘園領主は権力と財力に物を言わせて国府の介入を拒み、摂関家に到っては中央官庁に不干渉を認めさせる公文書まで発給させていた。いわゆる不輸不入の太政官牒である。荘園の収穫は領主が吸い上げ、外にはその実態さえ明らかでない。荘園こそが国庫を遥かに凌ぐ摂関家の強大な経済力の正体であり、税収を確保しなければならない政府には排除すべき存在であった。親政を志す帝にとってはなおのことであろう。

しかし不輸不入は平等院領に対してのものであって、平等院本体に対してはそうとも限らない。

「――阿弥陀堂《あみだどう》へ」

屋根に番《つが》いの鳳凰が宿る阿弥陀堂、いわゆる鳳凰堂は、その絢爛豪華なことで知られる。開基の宇治殿は阿弥陀堂への庶民の参拝も広く受け入れていた。折しも世情の不安定な末法の世にあって、極楽浄土がこの世に出現したとも謳われる阿弥陀堂に人々は熱狂した。それは揺るがぬ天皇不可侵の観念を有する民衆の摂関家への反感を薄める策であったのか、仏教勢力をも支配下に治めんとする野望の顕れであったのか、平等院領をはじめとする荘園の不輸不入の権を朝廷に認めさせるための民衆の支持集めであったのか、あるいはそのどれもか、宇治殿に訊いてみなければわかるまい。とにもかくにも、太っ腹にも一般参詣が許された阿弥陀堂の周辺はどうしたって警備が堅牢とはいかないはずだ。

「夜やがな、姉上」

とはいえ、参詣の刻限はとっくに過ぎているのも事実だった。しかし源季宗《みなもとのすえむね》は言葉と裏腹に南門へ回った。大した違いはないが、阿弥陀堂へは南門が一番近いはずだった。

南門はやはり閉まっていた。門番の姿はなかった。

兵部は季宗の腕を解き馬から飛び降りる。

「あ、姉上」

怪我した足に激痛が走ったが、痛みも慌てたような弟の声も無視して、兵部は南門の前に立った。弟二人も馬を降りる。

「番も居らざれば、錠の掛けられてあるべし」

「開いたり」

兵部が力を掛ければ門は動いた。三人でしばし顔を見合わせる。不用心にも程がありはしないか。

しかしこれはもっけの幸いというものであった。季宗が門を押し開けて兵部が中を窺うと、やはり無人であった。訝しく思いつつも入り込み、門の内側に馬を停める。

平等院の中心には池が造られ、その中心に阿弥陀堂が建てられている。馬ではいらぬ遠回りになってしまうかもしれないし、あまり目立つわけにもいかない。

馬を繋いだ行尊は、兵部の前で背を向けて少し屈んだ。その奇妙な体勢を訝しんでいると、後ろから季宗がひょいと兵部を持ち上げて行尊の背に乗せる。行尊は兵部を背負って立ち上がり、そのまま歩き出した。

——何とまあ。

まだ数えで十四歳、顔つきも身体つきも少年のそれであるのに、行尊は軽々と兵部を負って暗がりの歩き方も危なげない。大きくなったのだと状況も忘れてしばし感慨に浸っていると、弟達は池に掛けられた橋を渡って阿弥陀堂へ歩を進めた。

兵部は別に阿弥陀堂自体に用があったのではなく、ただそちらへの通路は警備が厚くはないだろうと思っただけだったのだが、といって目当ての人物がこの広大な敷地のどこにいるのかは知らない。手当たり次第に探し回るのならば最初が阿弥陀堂でも同じだろうと思い、弟らに任せた。

阿弥陀堂も、夜にもかかわらずどうしたわけか扉が開いていた。それを疑問に思う間もなく、目に飛び込んできた阿弥陀如来像に三人して言葉を奪われる。

「何と……」

月明かりと星明かり、そして灯籠の火を照り返す金色の巨大な阿弥陀如来は、この世のものとも思えぬ神秘的な美しさをもって佇んでいた。仏門に入った行尊は感動も一入《ひとしお》と見えて、兵部を背負ったまま堂の奥へと進んでいく。吊り鏡がわずかな光を集めて中の装飾を浮かび上がらせていた。壁と扉の九品来迎図、阿弥陀仏の背後には極楽浄土図、無数の小さな菩薩像に天人や鳳凰の華やかな姿。極楽の姿をこの世に映し出したかのような、この世ならざる風景が広がっていた。暗闇と灯りの調和から生まれる幽玄の、侵しがたい静謐。涅槃の有様を垣間見ているかのように、煩悩から解き放たれて時間は止まる。死後の世界がこのようなものならば、現世の苦も苦にならず、死への恐怖も薄れていく。

――あるいは、そう思わせることが、かのしたたかな御堂関白家の思惑やろか。

ふわりと灯りが揺らぎ、かすかな物音が兵部の耳に届いた。弟の背の上で首だけ振り向く。阿弥陀堂の入り口に、男の影を認めた。兵部は初めそれを壮年の男性だと思った。

「――御子宰相《みこのさいしょう》の子らは、盗人に成り下がりたりとぞ見ゆる」

その声が随分と老いていたので、兵部は印象を訂正する。かなりの老人だ。しかし影の立ち様から見れば、年齢にそぐわず矍鑠《かくしゃく》とした足腰を持っているようだった。

弾かれたように振り向く弟ら、特に弓を構えようとした季宗を兵部は制する。暗がりの中顔は見えないが、見えたところで判別はできないだろう。高位貴族の姫は、他家の男の顔を見知る機会などほとんどない。兵部が相手の顔を知らないのであれば、相手も同様のはずだ。それなのにこの暗がりの中こちらの素性を知って敬語すら使わないということは、と兵部は頭を回転させる。

「さて、畏れ多くも面無きも東宮の御物をば長く私物とぞなし給いたる御身に仰せらるるとは、いと思わずなく候《さぶらう》。――致仕《ちじ》の大臣《おとど》」

前関白太政大臣、宇治殿藤原頼通《よりみち》卿であろうと断じた兵部の呼びかけに、影は面白くもなさそうに頷く。彼が手で何やら合図すると堂内の灯りがいっせいに点き、えらの張った厳めしい顔立ちが露わになった。兵部は袖で自らの顔を隠す。

「壺切は汝ごときの手の及ぶ御物にあらず。雛《ひいな》遊びに飽いたる姫君」

「雛のことを既に聞かれてあらるるとは、致仕の大臣は京極殿とは親しく近しくおわしますようや」

「右府は我が子なれば」

「他の子にも目を向けらるるべかりけるに」

ぴくりと宇治殿の頬が動く。兵部が行き先を仄めかしたのも、雛人形をぶつけたのも、京極殿だけである。宇治殿がその経緯を知っているということは、京極殿はこの一昼夜のうちに父親に先触れを出していたのだろう。とすれば、宇治殿は兵部の要件も聞き及んでいるはずだ。現に先程の兵部の嫌味返しにも、意外なことを言われたという表情は見せなかった。兵部は息を吸う。

「壺切御剣《つぼきりのみつるぎ》は、いずこにおわします」

昨夜息子に対してしたのと寸分違わぬ問いを、今夜は父に対して発した。宇治殿は京極殿と違い、爆笑はしなかった。皺の刻まれた厳つい顔面に浮かんだのは冷笑だった。

「兵部とか。あの皇子《みこ》の怒りは汝が生まれたるより前から続いてあり。畏れ多く面無しと言うならばなおのこと、今更返上するものかは。あの廃れ皇子が帝とならせ給いぬる今、壺切ともろともに滅びゆくとは思わずや」

「つゆ思わず。返上し給うなり」

宇治殿はますます顔を顰める。兵部はそれで自分の考えの正しいことを知る。

「行尊。降ろせ」

「されど姉上」

「大事なし、降ろしや」

躊躇いがちに降ろされた阿弥陀堂の床は、それでも兵部の足に痛みを与えた。この世に顕れた極楽の間の床を血膿で汚しながら、兵部は意地だけですっくと立つ。

「――まこと、兄弟の諍いは醜くもあるかな。そうして己が孫の皇位に立たせ給うことの叶えば同胞《はらから》を捨つる甲斐もあらんに、御堂関白の一家三后のめでたきも今は昔、宇治殿の姫の后も大二条殿の姫の后もついに皇子を産みまいらせざりき。何のために争われたるやら、世はまこと虚しきもの」

宇治殿から怒気が発せられる。一度は政治の実権を手中に収めたかつての権力者の勘気は恐ろしかった。だが兵部は、宇治殿よりもっと高位で、宇治殿よりさらに血気盛んな御方の怒りを直に得たことがある。今更怯んではいられなかった。

「代替わりても人は同じことを繰り返す、帝の御位《みくらい》は遠くなりにけるに。されど虚しき諍いでも、敗るるよりは勝つがよろしからん。虚しかりながらも引き立て給える六の君を勝たせて御血筋を守り給うか、四の君の仇を晴らせて大二条殿に御堂の本流をば譲り給うか。まろは本意《ほい》ならずも、京極殿を助けんと申し居り候《さぶらう》」

兵部には腹の立つことではあるが、中納言の君を救おうと思えば京極殿を利することは避けられない。そして宇治殿は息子を思えば——息子達ではなく息子を思えば、兵部の言葉に頷かざるを得ないはずだ。切り捨てた子に今更肩入れしてもろともに家が滅ぶなら、何のために東宮と敵対してまで権力の座にあり続けたのか。

「——四の君、とな。そこまで知りてあるか」

苦々しさの限りを尽くした老いた声に、兵部は自らの読みが正しかったことを確信した。もう一度、ゆっくりと問い直す。

「壺切は、いずこにおわします」

宇治殿は兵部を睨みつけ、憤懣とともにそれでも答えた。

「賀陽院《かやのいん》に。さすがに宇治へは持ち出だすべからざりき」

勝った、と思った。若輩の、女の、零落の身で、兵部はかつての権力者を屈させたのである。実際はそうとも言いきれないだろうが、ともかくもこの時の兵部は達成感に溢れていた。

賀陽院はかつて御堂関白家の邸宅の一つだったが、大内裏の焼失に伴い当然に先帝の里内裏と定められた。大内裏の再建が長引けば、新帝も当然里内裏を閑院から賀陽院に移されるはずである。賀陽院は閑院よりも都の中心に近く、閑院の二倍の広さがあった。東西南北それぞれ二町、併せて四町の広大な敷地を有する賀陽院から、御物とはいえ剣の一本を見つけ出すのは至難の業であろう。

「賀陽院のいずこに？」

「東《ひんがし》の対の塗籠に」

それだけ聞けば用はなかった。宇治殿のほうでも同じようだった。

「疾く去《い》ね、小一条院の――三条院の流れの者共が。その顔は二度と見たくもなし！」

その声よりも、季宗が兵部を抱き上げて走り出し、行尊が続くほうが早かった。

◇

南門まで走り、馬に乗って早々に平等院を後にする。

「都へ戻れ。賀陽院へ行かねば」

「えい、姉上。かく到りては、地獄までも具《ぐ》し申す」

開き直った季宗の声が頼もしい。真っ暗な夜道に馬を駆けさせながら、行尊が舌を噛みつつ声を上げる。

「姉上、四の君とは？」

元来、他家の私生活にまで立ち入った噂話は女の領分だ。まして都を出て山寺に籠っていた行尊には、兵部が宇治殿の前で出した人物の名に心当たりはないだろう。

「――汝が友の兄様《あにざま》や」

「は？」

「そやから、戻れと言うたんや」

行尊は何のことだかわからないという顔をしている。兵部の胸に苦いものが広がる。すべてが明るみに出れば、次弟はまた泣くだろうか。何かを感じ取ったらしい季宗が兵部を胸に抱き、振り切るように鞭を振って馬を駆けさせた。

二十三　ひんがし【東】

駆けて駆けて都に帰り着いたのは草木も眠る丑三つ時。実家へ一度身を寄せようと言う弟らに、兵部は否と応えた。

「帰るならば汝共のみで。まろは賀陽院《かやのいん》へぞ参る」

「姉上、院の御所に平等院のごとき計らいはあるまじ」

平等院にいやにあっさり入れて宇治殿とも会えたのは、京極殿の計らいか、あるいは京極殿からの連絡を受けた宇治殿自身の考えによるものか、いずれにせよ先方に受け入れる姿勢があったからに他ならないだろう。一方の賀陽院は、宇治殿が手を回すとも限らず、万一そのつもりがあったとしてもその時間があるとは思えない。あれからすぐ兵部らは馬で戻ってきたのであった。

「知るものか。雛子《ひなこ》は一刻を争うのや」

弟らの言うことはもっともだったが、朝になれば状況が好転するとも思えない。宇治殿が手を回してくれると期待するのは図々しいというものだろうし、よしんばその気があったとしても都は宇治殿を敵視する帝のお膝元である。陽が昇って人が動き出せば、忍び入るのはほとんど不可能になるだろう。

幸い、今の賀陽院に人気は少ないはずだった。先帝の崩御あって朝廷の機能は閑院へ移ったし、居住していた后妃や女房らも死穢《しえ》を避けて里下がりしているはずだ。四町の広大な賀陽院に残っているのは、見張りの衛士と先帝の棺のみ。後者のみでも夜の侵入を躊躇わせるのに十分な事由ではある。ではあるが、兵部にとっては今更だった。むしろ突っ走っている勢いのあるうちにすべてにけりをつけてしまわないでは、立ち止まったが最後二度と動けなくなる気がした。

もとより姉に逆らうことが苦手な弟二人は――成長した今でも、粽一つでも兵部に反論するよりも逃げることを選ぶ――兵部がきっぱりと言い切るとそれ以上の反論はしなかった。

「いずれの門にも衛士の候《そうろう》」

「兄上、衛士を打ち払うは易きか？」

「無理や」

源 季宗《みなもとのすえむね》はあっさりと情けないことを断言した。しかしそれも無理からぬことではある。衛士は警護が職務なので、もとより体格に恵まれた者が武術の鍛錬を積んだ上で任務に当たっている。しかも御所に類する邸宅の衛士ともなれば精鋭揃い。弟二人がいささか武道の嗜みがあるとしても、渡り合えるとは思えなかった。高位貴族の子弟たかだか二人に御所の守りが負けを喫するようでは、そちらのほうが問題である。

　だが季宗はけろりとしていた。

「衛士などには、これが一番」

　そう言うと季宗は兵部を馬上に残して地に降り、馬の手綱を行尊に任せてててくてくと門に近づいていく。衛士に二言三言話しかけ、懐から何やら取り出して握らせれば、あっさりと衛士は門を離れた。夜の闇の中でも季宗のしたり顔ははっきりと感じ取れる。手招かれるままに、兵部と行尊は門をくぐった。

「帝の衛士が、賂《まいない》などで」

「姉上がそれを言われますか」

「しかれども！」

「な案じそ。心ある衛士は皆閑院へ参りたり。賀陽院へ残れるはまさしく残り。これも時の流れやな、帝といえど隠れさせ給いては」

　再び行尊に兵部を背負わせて、季宗は飄々と歩いていく。東の対の周辺に人気はなかった。敷地内の警備は先帝の棺が安置されている寝殿になけなしの人員を割き、あとは見回りで済ませているようだった。

　時刻が時刻だけに、蔀戸も妻戸もすべて閉まっている。季宗が行尊に目配せすると、行尊は頷き、兵部を一度簀子縁《すのこえん》に降ろした。掛け声もなしに暗がりで息を合わせ、妻戸に体当たりを食らわせる。その鈍い衝突音と木の軋む音に兵部は思わず耳を塞いだ。弟二人が渾身の力でぶつかること数度、戸は破れた。

「さ、人の来る前に」

弟の教育を大分間違った、という気になったが、そもそも兵部は弟らを育てた覚えはなかった。責めは既に極楽浄土の父にすべて帰することにして、兵部は再び行尊に背負われて東の対に入る。東の対の廂の調度類は女性が好みそうな物が多かったが、男性官人の仕事道具と見えるものも多く、后妃の家政機関が置かれていたのだろうと推察できた。とはいえ人気はない。机の上に出しっ放しの筆記具など、いかにも急に慌ただしく出て行ったような痕跡が、兵部には痛々しいと感じられた。先帝の体調が優れなかったのは年が明けてからずっとである。それでもこの対の住人は崩御のぎりぎりまで先帝にしがみついていたかったのだろう。

「皇后宮……否、中宮職《ちゅうぐうしき》か」

宇治殿の唯一の姫、元皇后、現中宮の四条宮藤原寛子《ふじわらのひろこ》が宮中の本拠としていたものと思われた。四条宮が皇子を産みまいらせた暁には、宇治殿は大手を振って壺切をその皇子に持たせるつもりだったのだろう。しかしついぞその日は来なかった。

暗がりの中で慣れぬ御殿の間取りに右往左往しながら、兵部らはどうにか塗籠《ぬりごめ》に辿り着いた。この対の塗籠は物置として使われているようで、床に箱物が並べられていた。さすがは御所というべきか、箱からして良い物と見て取れたので、物置というよりは宝物庫と表現したほうが適切かもしれない。めぼしい物は運び出したのか箱の並びはちぐはぐで、蓋が開いて空の箱もあった。

そんな中、塗籠の隅のほうで細長い箱が存在感を放っていた。兵部は得たりと頷き、弟らもそれに倣う。

「あれやな」

「他に太刀らしき箱もなし」

「御物《ぎょぶつ》の中でもあれこそ、何と言うか……」

行尊の言葉どおり、その細長い箱は形容し難い気を放っていた。帝を前にした時の畏れ多さと通じるところのある、背筋を貫くような何かを否が応にも感じ取る。三人ともしばらく気圧されて動かなかったが、そのうちに兵部は覚悟を決めて箱に歩み寄り、蓋を開いた。

中にはまさしく剣が納められていた。暗がりの中でも鈍く微かな光を放つようにその輪郭が浮き上がった。実物を見たことはないが、ただならぬ権威を感じるその剣こそ本物の壺切であろう。頼りは宇治殿の言葉のみながら、兵部はその真贋を疑わなかった。大体、兵部らの手に渡したくないのなら宇治殿はただ在り処を教えないだけでいい。わざわざ偽物を用意してまで兵部らを騙くらかす理由はどこにもない。

ろうか。
できない立場となって、壺切を道連れに歴史の表舞台から退場するつもりだったのだ
はとうとう外戚としての地位を失った。もはや古希を越え、壮年の新帝に太刀打ちも
で失せ物となってもよいと思っていたのかもしれない。先帝の崩御と同時に、宇治殿
御所とはいえほとんど無人の対に皇統所縁の御由緒物を置き去りにするとは、本気
――案外、宇治殿はまことに、もろともに滅びゆかんと思われたのやもなぁ。

――やけど、まろはまだ若いのや。ご老体の感傷に付き合うてはおれんわ。
兵部はしばらく壺切の影に見入っていたが、やがて蓋を閉じると箱を抱え上げた。
「いざ去《い》なん」
弟らは気圧されたままだったが、とうに腹を括ったのか兵部を今更制止することは
なかった。壺切を抱えた兵部を負うことはできないためか、季宗が兵部を抱き上げた。
そして早々に東の対を出る。
庭へ降り、見回りの衛士を避けながら門に辿り着いた時に、それは起こった。
「開かず！」
行尊の慌てたような声がする。閂《かんぬき》が動かないようだった。
閂が降ろされているのは通りかかった衛士の仕業と考えられるが、行尊が全体重を
掛けてもびくともしないというのは解せない。つい先刻門を開けて入ってきたばかり

なのだから、錆びついているはずもないのだ。

兵部は門を押さえつける鎹《かすがい》に目をやる。真っ黒で、いびつな形をしていた。

宵闇の中で黒く見えるのは不思議ではない。だが形が解せなかった。賀陽院は先帝の御所である。門の錠に到るまで手が込んでいて当たり前、この日本のどこで手抜き工事が行われようと、御所の門扉でいい加減な仕事は許されない。奇妙に歪んだ鎹を睨みつければ、兵部はそれが人の手の形をしていることに気づいた。

「次郎！　退がれ！」

兵部の声と同時に、門を押さえつけていた黒い影が一瞬にして膨れ上がり、門の前の行尊を吹き飛ばした。

二十四　にんぴにん【人非人】

二夜連続で相見《あいまみ》えるとは思わなかったが、中納言の方へ顕れたのでないことを幸いとすべきかもしれない。次弟のことさえなければ。

「次郎！」

兵部が叫ぶと、地面に転がった行尊は頭を押さえながら上半身を起こす。意識はあるようでほっとしたが、行尊は立ち上がりもせず篝火《かがりび》の光を吸い込む影を見上げていた。

『三条源氏が』

昨夜と同じ声が呻いた。影が発したその声に、行尊は目を見開いて呼吸を止める。

『壺切は遣らじ。右府《うふ》の孫皇子《みこ》などには渡さじ。汝らのように源氏として生を享くることも許さじ！　何故小一条院《なじょう》が末裔らがそれを、それをそれを』

その恨み言が論理的に破綻していることも、影は気づいていないのだろう。もはや妄執の塊と成り果てたそれに、兵部は季宗《すえむね》の腕から降りて問いかける。

「……御身は四条宮《しじょうのみや》の皇后宮権亮《ごんのすけ》にあられたるな」

ちょうど昨夜兵部が名を見破った時のように、影が一瞬揺らめく。

「生まれざりし皇子に壺切を賜られまほしとは思い給わざりけん」

兵部の言葉に影は荒ぶり、兵部に襲いかかった。黒い影が兵部の頭を捕らえようとした刹那、ビィンと弓の弦を弾く音がして影はほんの一尺ほど退く。妖魔が嫌うという弦の音をかき鳴らしながら、季宗が声を上げる。

「姉上は、あれなるモノを知りてありや？」

兵部が答える前に下から少年の声がした。

「否……否、兄上。知りてあるのは拙僧こそ。拙僧こそ……！」

行尊の顔色は見て取れないが、青ざめているだろうことはわかった。

「次郎！　まろが戻れと言うたるに嫌やと申したるは汝ぞ、泣くな！」

次弟を怒鳴りつけたのは怒りからではなく恐怖からだった。声を張り上げていないと自我を保てる気がしなかった。唾を飲み込み、宵闇の中の影を見据える。

「雛子は生きて子を産み申す。壺切御剣《つぼきりのみつるぎ》は帝に返上したてまつり、帝が東宮に賜らせ給わん。大二条殿の次の関白が誰かはまろなどには知る由もなし」

影が咆哮し、今度は兵部を捕らえた。

「姉上！」

篝火《かがりび》が消えたかと最初は思った。叫ぶ弟らの声が遠くなっていくのを聞いて、そうではないことを知る。闇に包まれて、途端に息苦しくなった。芥子《けし》の香は、一昼夜の汗でとうに消し飛んでいた。

　星明かりすら届かない漆黒の闇の中で、誰かに首を絞め上げられて足が宙に浮く。兵部はそれでも言葉を絞り出した。

「……公円法師は」

　喉からはもはや声が出ず、掠れた空気の抑揚がどうにか言葉を作った。兵部の囁き声が紡いだ名に、一瞬だけ首元の力が緩む。

「公円法師は、仏門にて友を得たり。まろが弟は……情け深く、言いつることも頼まるる。まろにも、上の弟にも、良き弟にて……末の弟、には、良き兄にて……御身の、御子にも、定めて、良き、友、ならん……！　それ、で、よろし、と、などか、思い、給わずや……？　子が、良き友を得て、健《すく》やかに……あることの上に……何をか望まるる……！」

『よくもよくも五月蠅《さばえ》のごとく鳴り高くうるさき女よ。ならば汝は身を嘆き怨むことはなかりけるか、後見せず身罷りける父を、親王にもなれず源氏に落ちたる父の身を、帝の位をば逃したる小一条院を、御堂関白に倒《たう》れたる三条帝を、小一条院から東宮の位を掠めたる後朱雀院を、その子たる先帝をも当今《とうぎん》をも、当今の子たる女も、その女に仕うる身も、何も怨まざりと申すか！』

――まさか。

再び首をぎゅうと絞め上げられて骨が軋み、もはや声を上げることはかなわなかった。だが心中で兵部は即座に認めた。東宮の王子に生まれておきながら親王にすらなれず源氏に下り早々に世を去った父への恨み言など日常茶飯事だった。御堂関白家の圧力に屈して東宮位を手放した祖父も、零落の身の所以がそこにあると思えば恨めしく思ったりもした。三条帝から祖父に継がれるはずだった皇統を奪い取って帝位を得た先々帝は、兵部が生まれた時既にこの世の存在ではなかったが、その子である先帝の治世の永かれとは思わなかった。同じく先々帝の子で母后が三条帝の皇女である今上帝は、明らかに奪い取られた皇統の埋め合わせとしてお生まれになった。三条帝の皇女を后の位に就け、女系を皇統に合流させたのだからいいだろう、という摂関家の自己正当化の権化だ。その一方で兵部ら男系の子孫は枝を掃うように切り落とされた。そこへもって主君として引き合わされた女一宮、年頃も近ければ余計に運命の悪戯を呪わずにはいられなかった。なぜ兵部が源氏の臣の身で頭を垂れ、あちらは女王として上座にあるのか。嫉妬したに決まっている。酷く嫉妬して、気取られぬように顔を伏せるしかなかった。

『その身の上の因はすべてすべて宇治の致仕《ちじ》ぞ。その子が栄え乳姉妹に姫を授けんとて、怨まざりき憎まざりきとは言わせず！　弟が仏門にて友を得たるその一事で、何もかも良しとせりとてか！』

それもその通りだ。意外にも随分と家族思いだった行尊と違い、兵部は次弟が山寺から降りてくるまで出家した弟のことなど思い出しもしなかった。その弟が幸せであるからといって、我が身の不運の埋め合わせになるなどとどうして思えよう。兵部は弟と違ってそうまで出来た人間ではなかった。

――憎みてあらるるか。宇治殿も京極殿もまだ生まれぬ子も。四の君も？

潰された喉から声は出ず、それはもはや頭に念じるだけだった。だが影は一瞬揺らいだ。

『憎みても憎み足りぬ。我が子は我が子は山寺へ追い遣られたるに、六の、六の！一の君ならば思い絶えられましものを、末が！』

それもよくわかる。きっと、兵部が叔父の敦賢《あつかた》親王に対して抱いた感情と通じる思いだろう。だが、だからこそ兵部にはわからなかった。

――何故、かかる姿に変じられ給いたりや。人をも身をも怨み憎む己の心を知れば、まろは我が事と思わまほしからず。主人を妬み乳姉妹を恨むような女でありたくはなけれども、さこそがまろの有様なり。さらば大いに恥じて、今よりはかような女にはあるまじと……！

死の床に伏せる幼馴染の病状をほくそ笑む自分の心の醜さに気づいて兵部が何を思

ったかといえば、そんな女であり続けたくはないということだった。女一宮に初めて会った日、世が世ならば主従は逆転していたのにと僻む心を隠すために俯いて、床を見つめながら思ったのは、いかにしてこの不出来な心を鍛えていくかということだった。

嫉妬のあまり怨んで憎んで、そんな心に気づいてしまったのにどうして正さずにいられるのか、兵部にはわからなかった。兵部は恥ずかしくて恥ずかしくて、心の腐敗をいかに食い止め、どうしたら真っ当な人の道に戻ることができるかと思い悩み、それでも醜い心を捨てられない未熟さに歯噛みして、醜い心を上から塗り潰すべく躍起になった。だからこそ、嫉妬した自分を恥じて人の道に立ち返るどころか、怨みのままに人の身を捨てて鬼妖《おにあやかし》の類に成り果てようとは、兵部の理解できる範疇を超えていた。

「公円、法師も……悲しまれん……」

兵部の言葉はもはや囁き声ですらなく、唇がわずかに動くだけだった。

兵部は公円を知らない。だが行尊が友と慕うのなら、きっと良い人物なのだろう。このようなことは決して望まないはずだ。

『汝ごときが何をか知る。何も何も、親の思いも無念も何も知らぬ身にてよくもよくもよくもよくも――』

その先はもはや理解できなかった。苦しい、という感覚さえ遠のいていく。痛みももはや感じられない。自分の手足がどこにあるかも定かではない。誰かの、あるいは自分の怨みの中に、兵部の意識も溶けて消えゆくかに思えた。

◇

木の軋む音が聞こえたような気がした。

鈍い衝突音に木が悲鳴を上げ、割れて破れる。それを聞いたと思った瞬間、兵部の背骨を悪寒が貫いた。

――落ちる。

落下する感覚を覚えた一瞬後、兵部は背を地に叩きつけられて激痛に悶絶した。

「姉上！」

「兵部！」

自分を呼ぶ声にも答えられない。首を押さえつけられていた力が消えて、兵部は思いきり咳き込んだ。咳を繰り返して吐き気すら覚え、ただでさえ暗い視界が涙で余計に滲んだ。

誰かが兵部の背に手を当てて上半身を起こす。

「姉上、姉上」

少年の涙声に、それが行尊だと知った。

――泣くなと言うたのに。

十数回の咳の果てにようやく目を開ければ、随分明るかった。松明を持った衛士らが周囲を取り囲む。すぐ近くに木片が落ちているのに気づいて視線を動かせば、打ち破られた門の向こうに牛車が見えた。多くの従者が付き従い、騎馬の者までいる。その中から再び涼やかに透る声がした。

「兵部！」

「……宮!?」

女一宮の声であった。車が門をくぐって入ってくる。簾が大きく動き、傍の従者らの一人が慌てた様子で外から押しとどめた。

「女一宮、出で給うなかれ」

江の君であった。簾を押さえながら彼は声を張り上げる。

「衛士ども、弦の音を絶やすな！　法師どもは今こそ御仏に祈れ！」

兵部は宙を見上げる。黒い影は松明の光と弓弦《ゆづる》を弾く音と読経の声に押されて屋根の高さまで上がり、悶絶するように暴れ揺らめいていた。

「兵部、車に入りや！」

「兵部の君、疾《と》く」

女一宮の言葉を受けてか、江の君が駆け寄ってくる。兵部は行尊の手を借りて半身を起こした。

「かような有様にては、宮の近くには寄れませず……江の君、これを。さりとては、これを、主上《おかみ》に……」

兵部が胸に抱えた箱を差し出すと、江の君は初め訝しそうにしたが、松明の光に照らしてぎょっとした。

「兵部の君、これは――！」

「江の君、疾く兵部を」

女一宮の声に応えたのは江の君でなく季宗であった。行尊の腕にもたれて地にへたり込んでいた兵部を抱き上げ、車へ向かう。

「勿《まな》、季宗、降ろせ。かような穢れを、宮には……！」

「源氏の君、姉君を此方《こなた》へ入れよ」

季宗は姉でなく女一宮に従った。脇から半分だけ上げられた簾の下をくぐらせて兵部を押し込む。弟の手が離れたと思った瞬間、女物の香の香りに包まれた。

「兵部、兵部。生きてありや。よくぞ戻りたる。よく……」

兵部を抱きしめながら、女一宮は泣いた。兵部は夏の盛りに歩き詰めで汗にまみれ、幾度も地面に引き倒されて土埃に染まり、怨霊に触れて穢れがこびりついているだろう。そんなことをまるで意に介した様子もなく、女一宮は兵部にしがみついていた。

車の内部は中引きで隔てられており、薄絹の向こうに人の気配がした。若い男らしきその影は、外を見て面白がるような声を出した。

「さては、あれなる物が関白の家司か。地下の陰陽師ごときに鬼と様変えらるるとは浅ましきかな」

「御子の宮」

女一宮が涙声ながら咎めるように呼ぶと、薄絹の向こうの影は肩を竦めたようだった。

——では、弟宮の貞仁王。

女一宮と同乗を許される男はそういない。その言葉からして、兵部が御子の宮に仄めかしたことの裏付けは取れたようだ。

魔除けの弦の音と経を読む声が響き渡る。その中で、車の左側すぐ傍から声がした。

「——こは、まさしく壺切」

距離感からいって、声の主は車の左側に騎馬で控えている従者のようだった。その声に聞き覚えがあるような気がしたが、女一宮が物見窓を閉めてしまったので外の様子は窺えなくなった。

「兵部の君、何故君《なじょう》が壺切を」

車の左前あたりから響いた声は江の君のものである。兵部は唾を飲み込み、言葉を絞り出した。

「主上が……仰せられ給いけり。壺切が主上の御前に戻り参らせ給わぬうちは、宇治殿とも、京極殿とも、拘《かかづら》うまじと……されど、まろは御意に背きたてまつりて花山院へも平等院へも参りたれば、せめてはと……」

自分の声ながら情けなく弱々しく震えていた。最後まで言い切ることもできずに、喉と胸が苦しくなって兵部は咳き込んだ。女一宮が慌てて兵部を抱きかかえ直し、背をさすってくれる。だが涙の滲んだ視界に兵部が思い浮かべたのは、ここ数年何かと良くしてくれ今も危険も顧みずに兵部を気遣ってくれる主人ではなかった。女一宮よりもっと卑しく、弱く、守ってやらなければならない女のことだった。

「雛子……ひな、こ……」

咳の合間にその名が零れ落ちる。女一宮が兵部の顔を覗き込んでくる。

「雛子とは、中納言の君のことか？」

「諾《を》……雛子を、助けねば……あれは、助けられて、生きねば……」

気遣わし気な主人の声に応える兵部の言葉はもはや譫言《うわ》だった。薄れゆく意識を、不意に左から発せられた低い声が掴んで引き戻す。

「――良からん」

車の外から響いたその声に、兵部は硬直した。これぞまさしく壺切と呟いた従者姿の騎馬の男の声。聞き覚えもあるはずである。その声の主は――

兵部は思わず手を動かして物見窓を開けていた。だが騎馬の男はもう車の前方に移動していた。前から、地を割るような声が響く。

「――貞仁ォ！」

「これに」

声に応えて御子の宮は自ら車の簾を上げた。女一宮が慌てて自身と兵部を隠そうとするが、皇女一人の袖には限りがあった。視界が開け、騎馬の男の後ろ姿が兵部の目にも入ってくる。青の袍《ほう》に身を包んだ勇壮たる背だけでも、それが誰だかわかった。まして、畏れ多くも御子の宮の御名を呼び捨てにできるのはこの世にお一人しかおいでではない。主上？　まさか、と衛士らが焦り困惑した様子で言い交わす。その混乱はしかし完全に黙殺され、御子の宮への綸言《りんげん》が響き渡った。

「今一度、朕にあれなる物の素性を奏上せよ！」

「氏は藤原、名は経家、正三位権中納言、関白藤原教通《のりみち》卿が家司なり。前の関白藤原頼通《よりみち》卿の脇腹の四男を養子とし、そがために我が子を仏門に入れさせざるを得ざりと怨みけり。かの養子の同胞の弟、師実卿が右府に昇りて姫をば得べしと聞きて、人の身を失いにけらし」

——さればこそ。

それは兵部の推察と寸分違わなかった。御子の宮は、畏れ多くも帝に奏上するならば兵部からの仄めかしのみを根拠とするのではなく、しっかりと裏付けを取ってのことだろう。兵部の、宮中で聞きかじった情報と次弟の世間話を繋ぎ合わせた推測よりも確かな証拠を得て断言したはずだ。

帝は一つ頷かれ、抜刀した。壺切である。

「退がれ衛士ども、法師ども！　勅命なり！」

血相を変えて馬にしがみついたのは江の君である。

「何を仰せに！　主上こそ退がらせ給え、御身穢れに触れさせ給うまじ！」

「ハ！　戯言《たわごと》なり匡房。帝とは臣民を守護するものにして、護らるるものにあらず！」

「主上！」

江の君は振り払われて尻餅をつく。側近の様子を意にも介さず、帝は宙で悶絶する黒い影を見上げた。

「——されど、朕は人ならざる臣民を得たる覚えぞなき。

貞仁、よくよく見ておれ。壺切は東宮の護り刀なれど、東宮を守護するものにあらず。帝の命にて、東宮が都を護るために振るうものや。かように！」

――一閃《いっせん》。

まさに一閃だった。帝が壺切を振るう。一瞬の突風が吹いたかのように低い音が耳を刺し、車は押されて揺れる。

『―――!!!』

断末魔のような声なき悲鳴が響いた。その一瞬後、宙を踊り狂う黒い影は霧消した。

◇

皆、呆気に取られて動かなかった。夏の星明かりを遮る影は何もなく、ちらちらと小さな光が空に瞬いている。賀陽院の広い庭は篝火と衛士の松明の光に照らされて奇妙に明るかった。

――どさり、と何かが落ちる音がした。兵部が無意識に音のした方向を見ると、帝の向こうに誰かが倒れていた。水干――部屋着姿の老人と見える体格で、ぴくりとも動かない。事切れているのだろう。

いきなり中空から現れて落下した老人の遺体にも、誰も身動きできなかった。呆然として佇む。時が止まったかのような賀陽院の沈黙を打ち破る騒音は門の外から聞こえてきた。車や人の足音。周囲の住民らが何かを聞きつけてきたのだろうか。

動かない衛士らの間を縫うように走り寄ってきたのは中年の男だった。

「義父上《ちちうえ》、ああ、義父上……！」

帝の御前だというのに、気づいてもいないかのように遺体に取りすがって泣く。兵部はその姿に見覚えも、声に聞き覚えもなかった。

やがて別の車が一台、壊れた門をくぐって入ってくる。ちょうど女一宮の車の左側につけられたその車から、若い男の声がした。こちらには聞き覚えがあった。

「……兄上……」

小さくくぐもった声は、京極殿のものだった。それで、遺体にすがりつく中年の男の正体を知る。京極殿の同母の兄――藤原定綱であろう。時の関白であった宇治殿の息子として生まれながら脇腹の四男であったがために養子に出されたものの、宇治殿の正妻高倉北政所隆子女王にはついに子がなく、庶長子は若くして没したため、末弟の京極殿に摂関家の跡取りの座を掠め取られた。京極殿が既に従一位右大臣なのに比べ、十も年上の定綱はいまだ公卿にも昇っていない。はっきりと明暗の分かれた兄弟の兄のほうに帝は目もくれず、車に向けて咎め立ての言葉を発せられた。

「賀陽院は先帝の里内裏。さて、朕は右府に牛車宣旨を下したる覚えはなきに、師実。いずくにぞある？」

そのお言葉に隣の車が軋んだ音がした。京極殿が車を降り、深く頭を垂れる。

もともと乗車のまま御所の門をくぐるのは不敬であり、特別の勅許が必要であった。だから帝の御言葉に何もおかしいところはない。おかしいのは兵部の今の状況である。

——まろは、何でここにおるのや？

帝の御子である女一宮や御子の宮はともかくも、畏れ多くも帝の御前で車に乗っている自分の身の上に、兵部の意識は再び遠のいた。

二十五　けさふ【懸想】

兵部の疑問は正しく、頭《こうべ》を垂れた京極殿を見下ろした帝は、今度は女一宮の車に目を向けた。

「聡子。それなる女房を降ろせ」

「主上《おかみ》……！」

女一宮は兵部をさらに強く抱きしめ、父帝を批難する声を上げた。それで沈みかけた意識が浮上する。主人がそれ以上言葉を続ける前に、兵部は女一宮の腕を軽く掴んで袖を引き下ろした。

「宮。まろは降り参ります」

「兵部、傷に障りては」

「宮。……忝《かたじけな》く、存じ候《さぶらう》」

兵部は女一宮を振り払い、車から転び出た。地に足をつくと同時に激痛が走り、帝の馬の前にへたり込む。ちょうど地に平伏する格好になった。

帝が馬を降りる気配がした。手綱をぽいと投げ渡された江の君が神経質な声を上げる。

「あな、主上！　公卿の姫をかく辱め給うは由々しきことに候《そうろう》。まして徒立《かちだ》ちにならせ給うとは、御身を何とぞ思し召さるか！」

確かに、衆目の前で地に膝をつくとはこれ以上ない屈辱である。しかし兵部としては今は立てと言われるほうがもっと辛いし、車も居心地が悪かった。江の君の厚意はありがたいが、帝が地に直に立たれることへの注意より先だって叫ばれては受け入れられようはずもない。

側近を完全に無視して、帝は兵部の前に立たれる。底のすり減った沓《くつ》が視界に入った。

「――直答《じきとう》を許す。いくつか問うゆえ、答えよ」

兵部は頭を垂れる。否やを言える立場ではなかった。

「何故、関白が家司の業《わざ》と知りたるか」

「……畏れ多くも閑院に、まろは一度、穢れを……東北院より、持ち帰り参らせり。閑院にてかかる物騒ぎは珍しきことなれば……その前の怪《け》しき物騒ぎも、もしやまろが乳姉妹の物憑きによるものなるかと……思い候《さぶら》いにけり」

「前の――鵺《ぬえ》か」

鬼だの霊だのの怪異は都では珍しいことではない。だがさすがに東宮がおわす御所の、最愛の姫君の住まう警備の厳重な東の対で物の怪騒ぎは、少なくとも兵部が出仕を始めてからは鵺の侵入が初であった。

「さように候《さぶらう》。もしかの物の怪がまろの乳姉妹を縁《よすが》にて閑院へぞ参り来たれるならば、まろが自ら東北院へぞ参るより前のことにて、縁《よすが》は……まろより贈りたる寿《ことぶき》に、他ならず。乳母に聞けば、雛——中納言を訪《とぶら》いたるは多からず、その多からぬ客の中に……権中納言、前の播磨権守の殿もおわせり」

といって、それだけで疑ったわけではない。大二条殿とすれば、甥にあたる京極殿に出産祝いを贈ることは当然だし、家司に遣いを命じるのもごくごく自然なことだった。大二条殿は京極殿と跡目争いで火花を散らす関係だが、とりあえずそれは水面下のことだし、そういう関係であるからこそ付き合いの義理は果たしておかねばかえって足を掬われる材料になりかねない。北の方の懐妊ではなく、正式に婿として迎えられて通う関係でもないにしては律儀なことであるが、場所がよりによって東北院であり、東北院の主である女院藤原彰子がまがりなりにも中納言を保護しているとあれば、女院の実弟である大二条殿が無視できようはずもない。最初は、もっともなことだとしか思わなかった。かえって兵部は東北院の他の女房らを疑っていたのである。同じ立場の女房らからすれば、今を時めく貴公子の寵愛を受けた中納言は妬ましかろう。兵部からの贈り物に手を出す機会も山のようにある。

ただし、同輩の女房らの嫉妬にしては、呪《しゅ》は大掛かりすぎた。仮にも東宮御所なればそれなりの備えはあるし、特に大君の対は父東宮の意向か大君自身の意思か、定期的に清めの儀式やまじない事も行われていたので、それらを突破したからにはそれなりに強大な力が働いているものと思われた。いくら嫉妬に駆られたからといって、呪法は素人の手には余る。六条御息所のように自らが生霊と変じるならともかくも、妖《あやかし》の獣を使役するのは明らかにその道の手練れの仕業だった。

「畏れ多くも、主上の御前に……物に、憑《ぐ》かれたる有様を、晒したてまつりたる夜……まろは、怪《け》しくも、陰陽頭が陰陽師を具したてまつらざりけることを恨めしと……思い候《さぶら》いにけり。鵺の物騒ぎの折は、陰陽頭は賀茂道資《みちすけ》と申せる陰陽師を具したてまつり候いにけり。かの陰陽師が不思議に……恋しく、思われて、死ぬ心地までも覚え申せり――」

あの陰気な男はなぜ来ない、と酷く焦った気持ちになった。たった一度、非常事態の中で同じ場所に居合わせただけの、地下《じげ》の陰陽師などがなぜそこまで記憶に残っていたのか不思議だった。陰陽頭だけで事なきを得れば、余計になぜもう一人の格下の陰陽師のほうが気にかかったのか解せなかった。

賀茂道資の名を出した瞬間、帝はぴくりと身動きしたようにも思えたが、何も仰せにはならなかった。兵部は続ける。

「もしそれが、まろの心ならず、まろに憑きたる物の思いならば、と思いつるほどに、そこなるまろが弟、行尊の訪いを受けませり。行尊は出家の身にありて、寺にて友を得たるものに候《さぶらう》。その友が権中納言の殿の男君、髪を降ろして同じく寺にありと聞きて侍《はべ》り」

行尊から聞いた権中納言藤原経家《ごんちゅうなごんふじわらのつねいえ》の家庭事情と、兵部が宮中の女官の噂話などで知っていた情報を繋ぎ合わせて、ひょっとしたら彼には中納言に子を、とりわけ姫を産ませたくないと願う理由が十分にあるのではないかと思った。藤原経家の主は京極殿の政敵であるし、京極殿の父親である宇治殿の家庭事情に振り回されて子を仏門に入れざるを得なかったとしたら、恨みを抱くのも無理はない。抱いた怨恨はどこへ行くだろう。直に主家を怨むとは考えづらい。正面切って主家に物申せる人物なら、そもそも呪法などという陰湿な方法は取らないだろう。表立って発散できない澱みは、その大元の原因ではなく、立場の弱い人間のもとへ寄せられることが多い。藤原経家の立場では、中納言の君は気に食わないだろう。懐妊祝いの遣いに立たされ、直接対面すればなおのこと、含むところはあっただろう。

そして藤原経家は公卿、上流貴族である。その上大二条殿の家司とくれば、立場からも人脈からも、陰陽師に渡りをつけて意のままに動かすことは難しくはないだろう。賀茂川が奇妙に荒れるのは賀茂氏の内に悪心あるためと聞いて、兵部の疑いはますます濃くなった。

「友の遺いにて権中納言の殿を訪いたる行尊から殿の有様を聞きて、生霊となられたるかと疑い候《さぶら》いにけり。されど証《あかし》は何一つ無きに、誰に言うことも憚られまして……思い余りて、御子の宮に不躾《うちつけ》なる文をば奉りましたり」

ふぅ、と誰かが息を吐いたような音がした。感心したような、驚いたような、納得したような、そのあたりの感情が聞き取れた。

「逐電は何ゆえや。聡子は泣きたるぞ。朕が皇女《ひめみこ》を悲しませてもなお、朕の勅勘を被《こうむ》りてもなお、乳姉妹の一人を思うことの強かりけるか？」

それは、兵部にとっては最も痛いところだった。血豆の潰れた足より、絞め上げられた首より、女一宮の涙は痛かった。何かと良くしてくれた主人と、幼い日の思い出しかない幼馴染。優先すべきは女一宮であるはずだった。二人の人品を比べても、友として選ぶなら女一宮であるべきだと誰もが思うだろう。兵部自身、単純に二人に抱く好感を比べれば、女一宮に軍配が上がる。

「……思うては、おりませず。妬み、憎み、怨みておりませり。怨みたるからこそ、助けずにはおれませね。思うたるにはなく、怨みたるからこそ、まろが人にあり続くるには、助けずには……！」

兵部の行動はきっと、中納言のためではない。幼馴染を亡くせばそれは悲しかろうが、親に死に別れても笑って生きていけるのが人間だ。摂関家の姫とても産褥《さんじょく》死することがままある世である。普通ならば、数年来音沙汰のなかった乳姉妹がお産で死んだと聞いても、数日塞ぎ込んだあとは懐かしい日々を緩やかに思い出に変えて生きていくだろう。たまに故人を思い出しては偲んで、後の日々は幸せに暮らしていっただろう。

だが、兵部は自分の醜い心を知ってしまった。物の怪に煽られたのだろうと何だろうと、良い気味だ、死んでしまえ、と嗤ったことを確かに覚えている。それを妖《あやかし》のせいにして、だから自分は悪くないと開き直ってしまえば、兵部はそれこそ人ではなくなる。

幼馴染が重態なのを喜んでおいて、その死を願っておいて、それで本当に死んでしまったら、その後は幸せに生きていける気がしなかった。笑って生きていけるならそれはもはや鬼だ。人の心を亡くして鬼と変じるのは嫌だったし、さりとて一生を悔いて暮らすのも御免だった。人の道に立ち返って幸せに生きることを望むなら、兵部は中納言を助けないわけにはいかなかったのだ。幼馴染のためではない。すべては、自分が生きていくために必要なことだった。

女一宮には心からすまないと思う。だが、勅勘を被って最悪死を賜るとしても、それはさほど怖くはなかった。中納言を見捨てて死なせてしまえば、兵部もどうせ人として生きてはいけない。鬼として生きることが死を賜ることよりましだとは思えない。母と弟らとの家族の団欒という、何と言うこともないありふれた幸せを知ってしまえば余計に。

「――面を上げよ」

その言葉に、兵部は三度《みたび》竜顔を拝した。帝は相変わらず雄々しく凛々しくあらせられた。つ、と顎に冷たい感触を覚える。帝の御手には相変わらず抜き身の壺切が握られている。刀で顎を掬われているのだと知って、覚悟してはいても本能的な恐怖に身が竦んだ。

「聡子にも、同じか？　あれを妬みたるか、三条院の末裔《すえ》よ」

「父上！」

女一宮が悲鳴のような声を上げる。

「姉上！」

弟らが畏れも忘れた声を上げる。

双方を制するように手を掲げつつ、兵部は帝を真っ直ぐに見上げた。

「諾《を》。妬みておりませり。世が世なればと……御堂関白家のなからましかばと……！」

帝は吊り目がちの双眸《そうぼう》をますます険しくされた。つん、と壺切の切っ先が軽く兵部の喉を突く。兵部は絞め上げられて擦れ腫れあがった喉の痛みも忘れた。

「今は、さにあらずと？」

「さになく侍《はべ》り。宮に侍り申して、まろは人の器を存じ候《さぶら》えり」

出仕の初日まで、大君に対して嫉妬の念を抱いていたのは事実だ。初めて目にした年若の主人に、面従腹背を悟られぬよう頭を深く垂れた。

だが身近に仕えて、主人と自身の器の違いは嫌でも知る。東宮の第一王女は気品に満ち溢れ、しかし驕り高ぶったところのない、腰の低い人物であった。何かと冷遇される立場で育ったからであろう、下々の者にも寛容で優しかった。かといって、卑屈になるということもなく、自らを哀れんだり他者を僻んだりする言葉はついぞ聞いたことはなかった。世が世なら、と兵部は妬ましく思ったが、もし立場が逆で女一宮が兵部に仕える女房だったとしても、彼女はきっと嫉妬など覚えなかっただろう。女一宮はそういう性格だった。

「世が世ならとて……たとい宮がまろに仕うる身なれども、宮はまろのごとく妬ましとは思い給わざらまし……。さればこそ宮は内親王に立たせ給うらし。さればこそまろは源氏に生まれましたり」

歴史の流れがほんの少し違えば兵部だって内親王になっていてもおかしくない身だとはいえ、いくら血統が重視される世だとはいえ、最後の最後は結局本人の資質の問題である。兵部自身と女一宮を比べれば、どちらが内親王に相応しいか、いくら自分を依怙贔屓《えこひいき》しても答えは明らかだった。中身で勝負もできないのに、自分の功ではない血統にしがみつくほどみっともないことはない。

——それに、まろが内親王やったら、帝はあのぼんくら父やしなぁ。国が亡ぶわ、そんなん。

風雅を愛し政治家としてはまるきり無能だった父と、眼前の覇気の塊たる帝を比べれば、どちらが一国の君主に相応しいかなど一目瞭然である。帝は不遇の東宮時代に、摂関家の後見を持たない身なら持たないなりに、自らの勢力基盤をこつこつと築き上げていた。御堂関白の子の中でも嫡流を外れた高松流を味方につけ、江の君を始めとする中流階級の不世出の逸材を取り込み、摂関家と対立してなお政権を成立させ得るだけの体制の準備を整えておいでだった。治世が帝のみで成らないことも、政《まつりごと》といえば摂関家を意味することも百も承知で、摂関と違う勢力を自己の配下に育てながら、大二条殿を関白に据えることで摂関家と距離を置きつつも自らの新政権に留め置いた。その卓越した政治的采配は、芸事にしか興味のなかった父にはとてもとても期待できない。

器というものはあるのだ。世が世ならなどという恨み言は、せめて状況以外の要素は完璧に具備してからでなくては口にするのも烏滸《おこ》がましい。それに気づかせてくれたのは女一宮の下での宮仕えだった。

「人は――まろは、妬む心も怨む心もあり候《さぶらう》。されど己の心を知れば、人は変わらるものに候。幾程《いくほど》、久しかれども。宮が……宮に侍《はべ》りし間に、まろはかく知りて候」

だから、今回も変われるかと思ったのだ。兵部は今も自分の身の上を嘆いて世を拗ねたところがないではないが、女一宮への悪意はもうない。同じく、中納言を怨んだ記憶がいかに鮮烈でも、悔い改めて自己を律していけばいつの日か嫉妬を乗り越えられるかもしれない。それに賭けてみたかった。分の悪い賭けではある。生霊だの物怪だのに関して門外漢の兵部がいくら動いたところで、何ほどのことはできないかもしれない。目的を果たす前に兵部の命運が尽きるかもしれない。それでも、もし、中納言を助けて己の恥を雪《すす》ぎ、自分の心を鍛えていけば、いつの日か心根だけでも内親王といって恥ずかしからぬ女性になれるかもしれない。わずかでも望みがあるのなら、それを目指したかった。そのように思わせてくれたのは女一宮である。だから、女一宮が酷く悲しむことは承知の上で、申し訳なく思いながらも出奔を決意したのだ。

それで道半ばで息絶えても、勅勘を被って死を賜っても、後悔はしない。無念とは思うだろうが、何度時を巻き戻しても兵部はきっと同じ選択をする。鬼となってまで生きようとは思わない。

兵部は目を逸らさずに帝の視線を受け止め、見つめ返す。兵部が死をも覚悟していることを帝はお察しになったのかどうか、不意に歌を口ずさんだ。

「――心にもあらでうき世に永らえばいづくの月ぞ恋しかるらむ」

兵部ははたと瞬いた。それは兵部の曾祖父、三条帝の詠んだ名歌の本歌取りだった。

――心にもあらでうき世に永らへば恋しかるべき夜半の月かな

三条帝は不遇の長い東宮時代の末に即位したものの、御堂関白と対立し、治世は苦難の連続だった。眼を患って視力を失い、やがてそれを理由に退位に追い込まれた。その三条帝が、『心ならずも生き永らえたならば、今夜の月を懐かしく思い出すのだろう』と見えない目で詠んだ御心の内は推し量るしかない。兵部には、歴史の敗者となってしまった無念と諦観が感じ取れた。それは兵部がやはり歴史の中で皇統の嫡流を取り逃がした血筋の生まれだからだろうか。

三条帝の皇女を母に持つ帝は後半の句を変えてきた。どこの月を恋しいと思うか、と。それは兵部の忠誠がどこに向いているかをお尋ねなのだろうか。兵部が死を覚悟していることを感じ取って、もし命を助けてやったら、お前は誰を主君と慕うのか、と訊かれている気がした。女一宮に対して反感はない。だが兵部の行動は彼女を悲しませ、帝の命に背くものであった。

返歌を促されるように壺切で顎を少し上に向かされる。兵部は刀を突きつけられた喉から歌を絞り出した。

「……月よりも恋しかるべき高日《たかひ》とぞ頼みて見なむうき夜半の夢」

今は五月、暦は夏である。夜にあっては、月よりも空高く輝く日輪こそ恋しく頼もしく夢にも焦がれる——との兵部の返しは、無論それだけの意味ではない。月の歌を詠んだ三条帝の男系の子孫たる自分はそのこだわりを捨て、今はもう日中の太陽のごとく高い生まれの帝に忠誠を尽くすのみ、と応えたつもりだった。実際、皇統が移った後は月陰の流れともいうべき兵部ら三条源氏に、当今《とうぎん》の帝より帝位に相応しい人物などいないのだ。五月も初旬、朝が近くなってきた時間帯で、月などとっくに沈んでしまっている。

帝は軽く目を見開き——そして、爆笑しだした。

「ははっ——はぁーっはははははははははは！」

兵部の顎に当てていた壺切を引き、鞘に納める。鞘に納めた壺切をひょいと放り投げ、顔を真っ青にした江の君が受け取る。その間も哄笑は続いていた。

「はははは！　宜《よろ》し、今一度直答を許す。名を申せ」

再び、兵部は瞬いた。玉言の意味はわかるはずなのに、言われていることが信じられない。周囲の人影もざわめいた。

「……兵部とぞ」

「誰が侍《さぶらい》名《な》をば問うたるか。諱《いみな》を奏せ」

ざわめきはどよめきに変わった。そもそも同輩以下が人を本名で呼ぶのは無礼に当たり、親か主君からでなければ下の名は呼ばれないものだ。この世で最も尊い帝は、理屈の上ではすべての人間を本名で呼び捨てにし得る存在ではある。しかしながら宮仕えでも侍名を名乗る女の場合、本名は純粋に私生活に属するものである。その私的な部分を差し出せとはつまり――

死への覚悟も何もかも、戸惑いの中に溶けていく。不敵に笑う帝に見つめられると、ただ従うしか考えられなくなって、兵部は半ば無意識に名乗っていた。

「――参議源基平《もとひら》が娘、源基子《もとこ》とぞ申し候《さぶらう》」

「基子」

名を呼ばれた瞬間、背筋に雷が走ったかのように感じられた。父母以外に呼び捨てにされたことなどいまだかつてなかった。全身から力が抜けて、地に倒れ込みそうになる。ぐらりと傾いだ兵部の身体を、がっしりと鍛えられた腕が支えた。誰が、と思う間もなく抱き上げられる。

「ひゃあ!?」

畏れ多くも、この国で最も尊い帝の御尊顔が眼前にあって、兵部の心臓は早鐘のように打ち鳴らされた。ならず者に襲われた時より、悪霊に捕らわれた時より、刀を突きつけられた時より、今が一番死に近い気がする。

飛び跳ねる心臓の音が聞こえていないはずはないだろう帝は、涼しい表情で兵部を女一宮の車に乗せた。

「父上」

呆れたような女一宮の声がする。薄絹の向こうでは御子の宮が押し殺しきれない忍び笑いを漏らしている。

簾が降ろされ、帝は車外の廷臣らを振り返った、ような気配がした。

「師実！　何をかしておる。汝の顔など見たくもなし、疾《と》く東北院へ去ね！」

「――主上……！　それは……」

「子など欲しくば幾らともなく産ませよ。汝ごときの子など、朕にも貞仁にも、いずれの帝にも東宮にも皇子にも入内させせじ。さらば殖《ふ》えよ、内裏の外にぞ殖えて争うが良き！」

その声を聞いて、女一宮が再び兵部を抱き寄せ、胸に抱いた兵部の頭を撫でる。

「良かりけるかな。兵部、その乳姉妹は助けらるるぞ」

――雛子。

どっと安堵して、力が抜けてしまった。誰かが、おそらく京極殿が慌ただしく車に乗り込む音が聞こえる。発進の前に、少し躊躇う気配があった。

「かの者共は関白に引き渡す。御堂鷹司が家の中で沙汰あるまで待たん」

「――忝《かたじけな》く……」

京極殿の声に混じった苦いものは、兄の四の君定綱への思いだろうか。しかし帝の御言葉に反駁することはなく、車が走り去る音を聞いた。

帝は退出させた京極殿のことはそれきりに、江の君と共に周囲にてきぱきと指示を出す。やがて兵部らの乗る車も動き出したが、行き先を知る前に兵部はとうとう意識を手放した。

二十六　むこかしづき【婿傅き】

それから三日経った日のことである。

あの恐ろしい夜の翌日は、兵部は熱を出して寝込んだ。疲労やら心労やら何やらで、深窓の姫君の身にはさすがに限界が来た。

しかし翌々日には熱も下がって何とか起き上がれるようになってしまったあたり、兵部は上流貴族の姫らしからぬ頑丈な身体をしているらしい。起き上がれるとはいっても足の怪我はまだ治らず、歩くのもままならないため兵部は自分の局に引きこもっていた。女一宮が兵部の慰めにと弟らを局に入れることを許してくれたので、姉弟であれやこれやと話した。

「雛子は、即ち癒《い》ゆとかや」

呪《しゅ》が雲散霧消し、京極殿の見舞いもあって、幼馴染はめきめきと回復しているらしい。顔色は良く食欲も出てきて、良い状態でお産を迎えられそうだということだった。

兵部は脇息に肘を掛けてもたれつつ安堵の息を吐く。振り返れば、結局京極殿は中納言を憎からず思っていたということだろうか。呪の原因を探り、女の嫉妬が疑われればしばらく通うのを控え、兵部を挑発して動かした。あの夜、兵部らがあっさり宇治殿に会えたのも、京極殿が宇治へ急使を飛ばして計らったために違いない。それもこれも誰のためかといえば、京極殿はきっと――食えぬ男だ。

「姉上、公円の……権中納言の殿の家は、如何《いか》になりますやろか」

行尊の言葉に、兵部の思考は切り替わった。

今回の件に関わった者らの処分は、基本的には関白藤原教通《のりみち》卿が家内のこととして内々に処理すると定められた。それでは関白は尻尾を掴ませないだろう。思えば権中納言藤原経家卿は、中納言が女の子を産もうが産むまいが直接の利害関係はない。ただ少しばかり溜飲が下がるかどうかだ。しかしその主人である関白大二条殿は、御堂関白家の後継を京極殿と争う立場であるから、京極殿に姫が生まれなければそれだけで得をする。実際、京極殿の先代である宇治殿に姫が一人しかなかった一方、三人の娘を引っ提げて後宮政策を巡って火花を散らしたのは大二条殿である。ならば今回の件にも関心はあったはずで、大二条殿の妾腹の娘が藤原経家卿の妻とくれば、情報も得ていたかもしれない。家司の企みを知っていて黙認したか、一歩進んで謀《はかりごと》に誘導したか、あるいは大二条殿自ら命じたか。

だがそのいずれにせよ、騒ぎの収拾を図るのが大二条殿では、責めは関白には及ばない。ここで大二条殿を処罰してしまえば京極殿を利することになり、摂関家の弱体化を目論む帝にとっては好ましくない。故御堂関白は摂関家当主の座を宇治殿から大二条殿へ、その後は宇治殿の子へと定めていた。御堂関白の長女でその遺言を忠実に実行しようとしている女院藤原彰子は東北院にあって健在であり、実弟の大二条殿はもちろん孫である帝もこの女院の意向には逆らえない。とすれば、少なくとも女院が存命の間は摂関家の次代争いは京極殿に分があり、関白としては自分の息子に跡を継がせたいという野望を表に出すことはできない。摂関家の内紛を煽り共倒れを狙う帝としては、大二条殿に肩入れなさるのは当然である。対立を長引かせるには劣勢のほうに助太刀して勢力を均衡させることが必要だからである。

大二条殿も京極殿も、帝のその御思召は察しているだろう。その上で、大二条殿は自分に有利なようにこの件を処理するに違いない。京極殿も、ここで帝の思惑通り異を唱えて泥仕合を演じる気はないだろうから、不満を抱きつつも叔父の処断に任せるだろう。大二条殿としては、自分が帝の目こぼしを得ていることを承知の上で、おそらく藤原経家卿のことは病死として処理するものと思われる。自分の家司であり娘婿でもある家中の者が呪詛事件に関わっていたとなれば大二条殿の醜聞にもなるから、穏便な形での収束を図るに違いない。帝は大二条殿に任せると仰った以上その沙汰を受け入れ、関白への大きな貸し一つと恩を着せるだろう。そうして内々に処理されるのであれば、誰も表立って咎を受けることはないだろうし、まして既に仏門に入った公円に累が及ぶことは考えにくい。

兵部がそのような推察を話して聞かせると、行尊はほっとした顔になった。

「さればこそ、拙僧には宮中は無理や。御仏に仕えまつる」

兵部としても弟がこんな陰湿な宮中の物の考え方に馴染むのは本意ではないが、そういう物言いをされると都の事情に通じた自分が汚れた存在のようではないか。姉がむっとしたのを感じ取ったか、行尊は慌てて話題を変えてきた。

「ほんで姉上、その……主上《おかみ》は、何か仰せに？」

――考えぬようにしとったのに。

公衆の面前に引き出され地に手をつくとは、これ以上ない辱めである。勅勘を被ったものと思って兵部はそれを粛々と受け入れた。だが、その後は理解の範疇を超えていた。諱を問われて献上し、さらに抱き上げられて――

「うああああああ」

兵部は呻き声を上げて突っ伏した。その意味するところが何となくわかるだけに考えたくなかった。天下人は気まぐれなものだというし、即位のあれこれに取り紛れてお忘れになってくださらないだろうか、と考えていると無慈悲な足音が廊を渡ってきた。

「局を移られませ、兵部の君。女一宮の仰せに候《さぶらう》」

「姉上は病み上がりぞ」

「ええのや。行く」

女房から掛かった声に反論した行尊を制し、兵部は腰を浮かす。まだ包帯だらけの足を知る源季宗《みなもとのすえむね》は、当然のように兵部を抱き上げた。主人からの呼び出しなら男に運ばれていくのは不敬だが、女一宮の性格ではこの足で自分で歩けばそちらのほうが小言を食らう。何も言わずに身を任せることにした。

抱き上げられると、嫌でも甦る記憶があった。

――主上は、大木のようであらせられたな。ちっとも揺らがず、まるで危なげのうて。

再び呻きたくなった。二十歳の季宗は、すっかり大人の男の体格ではあるがまだどこか線が細い。当惑する兵部を軽々と抱き上げた帝と違い、季宗は兵部のほうから抱きついて均衡を取ってやらねば転びそうである。

赤くなった顔を袖で隠していると、いつの間にか新しい局に着いた。

「兵部、これへ。心苦しく思えども、弟君らは御簾の前にて待たれよ」

女一宮がいるのに御簾の前まで弟を引き入れることが許されただけで望外である。兵部を降ろして御簾の中へ入れると、弟二人は大人しく御簾の前に立てられた几帳の前に座った。

足が痛むため、下位の女房らの手を借りる。局を見渡せば元の曹司の二倍ほどの大きさがあり、豪奢な調度品が設《しつら》えられ、所狭しと女房らが控えていた。

「宮、これは……？」

「さ、いざ」

ぱんと女一宮が手を叩くと、女房らが一斎に兵部に群がった。服を脱がされて身体を清められ、髪を洗われ、香を焚きしめた真新しい装束に着替えさせられる。いつもの唐衣裳《からぎぬも》すなわち女房装束ではなく、細長を重ねられた。侍女や官女ではなく姫宮の装いである。細長のみならず袿《うちき》から小袖から袴まで新しく縫われた衣装一揃いは、女一宮のお召し物と遜色ない品だった。呆然としている間に化粧が施される。一段落つくと、畳の上に座らされる。女一宮が寄ってきて横に腰掛ける。他の女房らは几帳や屏風を動かして婿取りを整えていた。

御簾の外に追いやられていた弟二人にも几帳の向こうに席を作られ、菓が運ばれてひと心地、といった風情である。いきなり着飾らされた兵部は何が起こっているのかわからないまま、呆然と隣の主人を見やった。女一宮は微笑む。

「間もなく遣いのおわします」

女一宮の言葉通り、廊を渡ってくる男性らしき足音がした。局に入ってきた男性は几帳の前で一礼すると、恭しく兵部に声を掛けた。

「慶び申し上げ候《そうろう》、源氏御息所《げんじのみやすどころ》」

「みっ」

　変な声が出た。御息所とは貴人のお休みになる所、転じて貴人の妻を指す。妻を御息所と呼んで敬う貴人とは、親王以上の皇族男性にほぼ限られる。そしてただでさえ皇族男性の少ない今日、兵部とわずかでも繋がりがある相手は叔父か帝しかあり得ない。父と同腹の叔父と姪との間で艶めいた話が起ころうはずもない。

「ご、江の君、みみみ御息所とは」

　声の主を江の君と断じて兵部は問い返すが、酷くつっかえてしまった。源の氏を持つ女はこの場に兵部しかいないのだから、自分のことでしかあり得ないのだが、直視するのが怖すぎる現実というのはあるものである。

　しかし江の君は残酷であった。

「今宵主上が渡らせ給い候」

　意識が飛びそうになった。兵部は頭を抱える。

「何故や……！　勅勘を賜る覚えはありとも、御眼に付くほどのことがいっ！」

「そこはそれ、兵部は美形やし。それに父上は……心の強《こわ》き女性《にょしょう》を好まれてあらせ給えるから」

　女一宮の言葉に斎院女御を思い出して一瞬成程と納得しかけてしまったが、腑に落ちては困るのである。大体、帝の鍾愛してやまない女一宮は兵部とは似ても似つかない性格である。助けを求めるように兵部は江の君のほうへ視線を投げた。御簾と几帳越しにも江の君は何か察したようで、苦笑を漏らした。

「我が子と妻に望むことは異なれば、な。さらには御製の御返しに詠まれたる歌は言うべきにもあらで」

「まろの歌のいずこがかように褒められますのや。並の歌に候《さぶら》う」

兵部は行尊と違い、歌才にさほど恵まれてはいない。教養として一通りはこなすし下手だとは思いたくないが、まずまずそつなくこなせる程度で、それ以上ではなかった。

几帳の向こうで何やら江の君が弟らと顔を見合わせるような気配があった。

「源氏の……よもとは思えども、姉君はもしや」

「そのもしやに候《そうろう》。つゆとも思い及んでおりませず。そもそも己の美《うるわ》しきも知らぬのや、我らが長姉《このかみ》は」

「拗《ねじ》けたる心をば恥じるとも、その僻心《ひがごころ》の中に眉目《みめ》の驕りぞなき。思わぬところが抜けとるのや姉上は。右府《うふ》かて、幾分かは心よりかき口説かれたらんに」

「何やの！　女の見どころ聞きどころは心にこそあれ。何ぞ違《たが》えとるか？」

局は笑いに包まれた。

「否々、何も理《ことわり》に違うところなきなり、兵部」

「や、いとおかしき心映えなり、御息所」

「何も違えとらんがな、姉上。されど、そういうところやで」

「まこと、何も違えとらんからこそやなあ」

ひとしきり兵部にはわからないことで笑みを交わした後、咳払いしたのは行尊だった。

「——姉上が主上に奉りたる返し、『月よりも恋しかるべき高日《たかひ》とぞ頼みて見なむうき夜半の夢』とぞ覚えたる」

「よく覚えとるな」

詠んだ当の兵部のほうは細部の一言一句までは怪しい。さて恋しかるらしと詠んだか恋しかるらむと詠んだか、語尾は断言できないほどあやふやだった。

「歌は拙僧、得手《えて》に候。知り給えるやろ」

「……山寺を抜け出して野で一夜を明かして歌を詠むこと度《たび》重ねりとは、人にはな言いそ。我が家の恥や」

行尊は反論しかけたが、季宗が弟を制して続きを引き取った。

「さて姉上、主上の御名は存じられてありや？」

いきなり変わった話題に、兵部は瞬く。自分は本名を献上したが、一方で畏れ多くも帝の御名は——

「……何と仰せられけりや？」

「姉上！」

「そ、そうは言うても、御名を呼びたてまつることなどまろにも誰にもなければ！」

呆れたような空気が漂い、江の君が忍び笑いを漏らしながら「宮」と女一宮を促す。側近とはいえ公卿でもない身では御名を口にするのは憚られるのだろう。お鉢の回ってきた女一宮は心得たりというように頷いた。

「兵部。父上の御名は、尊仁《たかひと》とぞ仰せらるる」

——たかひと。

その響きに、今更ながら自分の詠んだ歌が思い出される。

「恋しかるべき……高日《たかひ》とぞ……頼み、て……」

四人が一斉に頷く。ざっと血の気が引いた。つまり兵部は、畏れ多くも御名を詠み込んで熱烈な恋の歌を返してしまったと解釈されても仕方がないのである。それも衆目に顔を晒して、公衆の面前で。

「姉上、今更思い及ばれても、御渡りは今宵や。覚悟せられませ」

「……宮！　まろはかように畏れ多きことは考えざりき！　き、傷もまだ癒えず、物の穢れも残りて見苦しき有様なれば、主上を迎えたてまつるにはあまりに無礼と」

「みずからも傷のことは奏して、せめて即位の儀を経て後《のち》にと申せども、父上の御気性はかくのごときにて」

女一宮は困ったように微笑んだ。女一宮はとっくに、兵部の体調を気遣って先延ばしを図ってくれたらしい。だが帝には珍しく女一宮の奏上を容れなかったと聞いて、兵部は絶望した。それでも帝の意を変えさせることができるのは女一宮しかいないので、兵部は必死になって取りすがった。

「宮はまろごときが主上に侍りたてまつることになりてもよろしと思し召さるか」

「無論《ろなう》。そもそもみずからが奏上せし事なれば」

一瞬何を言われているのかわからなかった。最後の砦と思った御方は、どうやらここにきて一番の敵に回ったらしい。

「兵部が言うたんや、婿を迎えたしと。誰ぞなりと仲立ちし給え、と言うたるから、みずからは三日夜《みかよ》の餅は難《かた》けれど今年の内には、と申せり」

「もしや……あの折から……？」

女一宮は今度は艶然と微笑む。まだ正月、中納言の君の懐妊を聞いて僻みっぽい気分になっていたので、兵部は駄目元で確かに女一宮――大君に紹介を依頼した。三日夜の餅は難からんと聞いて、やはり殿方との付き合いを制限されている王女に伝手などあるはずがないかと思って諦め、それきり忘れていた。

しかし相手が帝なら、三日夜の餅はない。入内は通常の婿取り婚とは何もかも違うため、三日夜の餅も所顕しの披露宴もない。それでも結婚には変わりない。思えば香合わせの時も、今後とも斎院女御への敬意を忘れるなと女一宮はいつになく強く兵部に忠告した。

「かような騒ぎになるとは思いませねど、終わり良ければすべて良し。女御の教え給いし香をば京極殿の通いてある女君のために使いつれば、女御には二度と頭の上がらざるべし」

――結局、すべて、この御方の掌の上だったのやないか？

兵部が愕然としていると、江の君がまだ笑み含みに退出の挨拶を述べてから立ち上がった。弟らもそれに続く。

「さらば、姉上。主上の御前にては涙も見せたてまつられよ」

――姉上。泣いてもええのや。

「御子《みこ》を賜らば寿《ことぶき》し申す」

――拙僧は、姉上や兄上に御子の生まれまさば。

姉思いの弟らも退出すると、女一宮も腰を上げた。

「後見《うしろみ》のなき身を僻みたりとかや？　兵部、汝の後見はあれなる弟君らと、みずからなり。三人ありても御子宰相には及ばずや？」

兵部は扇を振って否定する。

「さらば、心安くして待ちたてまつれ。悪《わろ》きようにはならじ」

そうして女一宮も退出してしまった。

◇

後に残された兵部は、支度の仕上げに女房らが駆け回るのを見ながら色々と考えるともなく考えて時間を過ごす。日が傾き落ちていくにつれて混乱していた心も落ち着いて、不思議に開き直ってしまった。

――もうええわ。なるようになるやろ。

自棄《やけ》というのかもしれない。何にせよ天下人をこちらの思うように動かそうというほうが不遜だ。ましてあのように、一国の君主にしても大分型破りな帝が相手では、その御考えを推し量ることさえ兵部の手に余る。それならいっそ、なるに任せてみようと思った。長姉として色々と主体的に動くことの多かった兵部には、他者に身を任せることは奇妙に落ち着かなかったが、兵部だって少しは誰かに頼ってもいいはずだ。実際頼り甲斐はこの世で一番ありそうな御方だった。

そして夜も更けて控えの女房も下がる。先触れが帝の来訪を告げた。

御簾を豪快に払って、直衣《のうし》姿の帝が入ってくる。兵部はゆっくりと、顔の前の扇を下げた。男性的な玉顔に笑みを浮かべて、こちらを見下ろす強い視線と目が合った。

――ああ。まこと、益荒男《ますらお》におわしますわぁ。

その威厳ある姿に、兵部の心臓は高鳴る。だが畏怖の念の他に、ほんの少し別の物が混ざって胸を打ち鳴らしているような気がした。

――恋しかるべき高日とぞ頼みて

艶めいた意味を籠めたのではなかったが、もし中納言の君を助けて世に永らえることができるなら、この御方に忠誠を誓うと思ったのは嘘ではない。帝の左手が伸び、兵部の顔に触れた。

「基子。手を」

名を呼ばれて、兵部の身体は軽く跳ねる。熱が出てきたような気もした。言われるままに両手を差し出すと、帝の右手が兵部の掌に季節外れの衵扇《あこめおうぎ》を置いた。不思議に思っていると、何かが書きつけられているのに気づいた。上目遣いで帝を見やれば、開け、と促されたのでその通りにする。

そこには若い手蹟《て》で桜の歌が三首踊っていた。『山桜いつを盛りとなくしてもあらしに身をもまかせつるかな』『折りふせて後さへ匂ふ山桜あはれ知れらん人に見せばや』『もろともにあはれと思へ山桜花よりほかに知る人もなし』――行尊の歌だった。

兵部はくすりと笑う。

——何や、そうやったんか。

どこをどう巡ったか、この扇は帝の御手元にあったらしい。女一宮の計らいの上に、このような事があるのならば、どうやら兵部は帝のもとに流れ着く定めらしかった。皇位は、どれほど摂関家があがいても帝のもとへ行った。三条帝の血の流れも、やはりこの帝に引き寄せられるものらしい。それに逆らえるとも逆らおうとももはや思わなかった。

帝も笑みを返した。御帳台に導かれ、単衣が一枚ずつ剥がれてゆく。それでもくすくすと兵部は笑っていた。

笑い合いながら睦み合い、夜は更けていく。兵部はその夜、国で最も尊い益荒雄の腕に微笑みながら抱かれ、その胸で少しだけ泣いた。

◆◇◆

源氏御息所、源基子は、その後皇子を産みまいらす。生まれた皇子は親王位を賜り、次代の東宮と定められた。親王出産の功により、基子は中宮に次ぐ后妃《こうひ》である女御《にょうご》に叙せられ、大内裏にて帝の寝所たる清涼殿に程近い凝花舎《ぎょうかしゃ》を賜り、梅壺女御《うめつぼのにょうご》と称される。基子の実父源基平は参議という公卿の末席の官職に過ぎず、女一宮聡子内親王や東宮貞仁親王らの生母滋野井御息所藤原茂子の実父である従二位権中納言藤原公成《きんなり》と似たり寄ったりの位階であった。滋野井御息所が東宮の添伏として入内するのさえ、父の身分が低すぎて東宮には不釣り合いと過去に評されていた。そのため基子が女御の叙位を受けて人々は大いに驚いたという。帝——後三条天皇は基子とその所生《しょせい》の二皇子を寵愛し、基子の長男実仁《さねひと》親王の元服を待たず在位四年余りにして東宮貞仁親王に譲位し、実仁親王を東宮に据えた。

在位中の後三条帝は、摂関家の外戚を持たない自らの血統を頼みに荘園整理の大鉈を振るった。世に言う延久の荘園整理令である。その中心人物は、後三条帝が東宮時代から見出し家臣に組み入れていた大江匡房ら中流貴族出身の実力ある若者たちである。収入源の多くに朝廷の介入を許した摂関家は、出世も血筋のみによることが難しくなり、以降摂関家は急速に弱体化していった。

中納言の君は、後三条帝の即位と同年に右大臣藤原師実の子を産む。男の子であった。師実の女性関係が派手なことはその後も変わらなかったが、中納言の君は師実の寵愛を受け続け、やがて花山院に迎えられてその女主人となり、師実の北政所源麗子に次ぐ妻の座を得る。中納言の君は結局師実との間に二男一女を産むものの、待望の姫はついに貞仁親王——即位した後は白河天皇——の後宮に入ることはなく、基子の産んだ東宮実仁親王に入内することもなく、徒人《ただびと》の身で一生を終えた。師実は叔父藤原教通およびその嗣子信長との跡目争いに打ち勝ち、摂政、関白、太政大臣に昇るが、帝との直接の血縁関係なくしてはその権勢にも限りがあり、かつて摂関政治の全盛期を謳歌した祖父御堂関白藤原道長には比ぶるべくもなかった。

源季宗は、甥が東宮に叙せられるにあたりその補佐に任じられ、一応は出世街道を歩む。だがやはり彼は基本的に父と同じく風雅の人であり、政の世界では大きな功績を残さず、代わりに和歌や漢詩、笙《しょう》などの芸事の世界で一世を風靡した。

行尊は山寺修行の後修験道《しゅげんどう》に打ち込んで法力を極め、やがて天台座主、大僧正と仏門にて出世を極める。公円阿闍梨《あじゃり》との親交も晩年まで続いた。歌人としても誉れ高く、歌集も編纂された。その際、姉に贈った山桜の歌は、「たびたび山寺を抜け出して野宿したなどとは人に言うな」という姉の言いつけのために、修験道の修行中に詠まれたこととされた。

完

文芸社文庫

籬《まがき》の菊

二〇一九年四月十五日　初版第一刷発行

著　者　阿岐有任
発行者　瓜谷綱延
発行所　株式会社　文芸社
〒一六〇－〇〇二二
東京都新宿区新宿一－一〇－一
電話　〇三－五三六九－三〇六〇（代表）
〇三－五三六九－二二九九（販売）

印刷所　図書印刷株式会社
装幀者　三村淳

ISBN978-4-286-20485-7